Prolog

Ein sanfter Wind strich über die Olivenbäume, während Emanuel gemächlich durch seine Plantage schlenderte. Seine zahlreichen Falten erzählten Geschichten vergangener Ernten und sein zufriedenes Lächeln spiegelte die Freude wider, die er in all den Jahren der Arbeit erlebt hatte.

Jeder Baum auf dieser Plantage trug die Früchte seiner harten Arbeit und für einen kurzen Moment tauchte er in die Erinnerungen an frühere Zeiten ein, die ihn mit tiefer Glückseligkeit erfüllten.

Sein Grundstück war von einer der landestypischen Trockensteinmauern umgeben und das große Tor, das es von der Straße trennte, hatte er mit seinen eigenen Händen geschmiedet.

Es war schön, dass nun alles geregelt war und er seinen Lebensabend in Ruhe genießen konnte. Es war nicht immer einfach gewesen mit Pepe, doch all seine Sorgen waren nun vorbei. Ein versonnenes Lächeln huschte über sein Gesicht, als er daran dachte, was er zuerst machen würde, wenn er in seinem wohlverdienten Ruhestand war.

Ein Geräusch riss ihn aus seinen Gedanken. Bevor er sich umdrehen konnte, spürte er einen harten Schlag auf seinem Hinterkopf und ihm wurde schwarz vor Augen. Das Letzte, was er wahrnahm, bevor er sein Bewusstsein verlor, war der metallische Geschmack von Blut in seinem Mund.

Kapitel I

„Papa, die neuen Gäste sind da."

Die Stimme seiner Tochter hallte durch die große Halle mit der Olivenpresse, an der Ramon und Alexander gerade herumgeschraubt hatten. Er schaute auf und sah den tadelnden Blick von Emilia.

Wieder einmal hatten sein Gutsverwalter und er die Zeit vergessen und sich viel zu lange mit der Olivenpresse beschäftigt, anstatt sich auf die Ankunft der Gäste vorzubereiten. Zwar gab es außer ihnen noch Stella, Ramons Frau, die sich um die Zimmer kümmerte und auch Emilia half, wo sie nur konnte, doch im Grunde war es seine Aufgabe, die Gäste in Empfang zu nehmen und ihnen einen kleinen Überblick über die Finca zu geben.

„Ich komme schon, mein Schatz", antwortete er mit einem hörbar schlechten Gewissen und erhob sich dabei von einem der dreibeinigen Holzhocker, die Ramon und er sich angeschafft hatten, um besser an den Maschinen und Geräten des Hofes herumtüfteln zu können.

„Lass uns morgen weiter machen“, schlug er seinem Gutsverwalter, der mittlerweile sein bester Freund geworden war, vor. „Ich denke, wir sind hier sowieso fertig und können morgen testen, ob alles so funktioniert, wie wir uns das vorstellen.“

Ramon nickte zustimmend und schmunzelte dabei. In letzter Zeit hatten sie so oft an den Maschinen rumgebastelt und die Zeit vergessen, dass es schon fast Tradition war, dass Alexander in letzter Sekunde und noch in Arbeitskleidung zur Begrüßung der neuen Gäste erschien. Von dem erfolgreichen, rücksichtslosen Manager, der er einst gewesen war, war glücklicherweise nichts mehr übriggeblieben.

„Sind die Zimmer denn schon fertig?“, fragte er seine Tochter.

Emilia schnalzte genervt mit der Zunge.

„Selbstverständlich sind die Zimmer fertig. Im Gegensatz zu anderen Personen ist Stella nämlich zuverlässig.“ Ihre Stimme klang scharf und vorwurfsvoll, doch es schwang auch etwas Sanftes in ihr mit. Etwas, dass ihm zu verstehen gab, dass Emilia den neuen, etwas schludrigeren Alexander viel lieber mochte, als den erfolgsorientierten, stets durchorganisierten Mann, der er früher gewesen war.

„Sie zeigt den Gästen auch schon ihre Zimmer“, schob seine Tochter hinterher, „es wäre aber großartig, wenn du ihnen wenigstens den Rest der Finca zeigen könntest.“

„Schon gut“, erwiderte er und hob dabei beschwichtigend seine Hände. „Ich bin offensichtlich schon zu sehr Spanier geworden, als dass ich noch irgendetwas pünktlich schaffen würde.“

Aus den Augenwinkeln konnte er sehen, dass Emilia ein kurzes Grinsen nicht unterdrücken konnte. Sie war nicht wirklich sauer auf ihn. Überhaupt hatte sich viel verändert, seitdem seine Tochter beschlossen hatte, eine Pause in ihrem Studium einzulegen und ihm auf seiner

Finca zu helfen.

Nach dem Tod seiner Frau war das Verhältnis zu Emilia sehr angespannt gewesen und sie hatten kaum Kontakt gehabt. Ab und zu einmal ein kurzes, bedeutungsloses Telefonat, mehr war nicht drin gewesen. Erst nachdem er auf Mallorca die Trauer über den Krebstod seiner Frau unter Kontrolle bekommen und seine Lebensfreude zurückgewonnen hatte, war ihr Verhältnis besser geworden.

Er hatte die Finca in der Nähe von Inca letztes Jahr gekauft, um den Traum von sich und seiner verstorbenen Frau Anna zu verwirklichen und Olivenöl zu produzieren sowie Gästezimmer an Touristen zu vermieten.

Dabei hatte er Ramon und dessen Frau Stella kennengelernt, die er per Onlineanzeige gefunden und für sein Vorhaben als Gutsverwalter sowie Zimmermädchen eingestellt hatte.

Ramon hatte ihn von Anfang an freundschaftlich unterstützt und ihm geholfen, seine Trauer zu überwinden.

Nach und nach hatte er sich hier eingelebt und mit seinem neuen Leben angefreundet. Natürlich vermisste er seine Frau auch heute noch, doch er hatte gelernt, mit der Trauer umzugehen. Eine Aussprache mit Emilia und ihr anschließender Überraschungsbesuch auf Mallorca hatten dazu geführt, dass sie sich heute besser verstanden als jemals zuvor.

„Das hier ist die Familie Tillmann“, riss ihn die Stimme von Stella aus seinen Gedanken.

Sie waren in der Finca angekommen und standen nun vor dem Empfangstresen aus dunklem Holz, den sie letztes Jahr in mühevoller Kleinarbeit restauriert hatten.

Stella schaute ihn erwartungsvoll an und ein Ellbogenstoß in die Seite von Emilia ließ ihn endgültig aus seiner Erstarrung erwachen.

„Herzlich willkommen auf unserer kleinen Finca“, begrüßte Alexander die Familie, die aus einem jungen Pärchen bestand. Herr Tillmann war knapp unter dreißig, hatte braune, kurz geschnittene Haare, grüne, sympathische Augen, ein freundliches Lächeln und eine äußerst sportliche Figur.

Seine Frau war Mitte zwanzig, hatte ebenfalls braune Haare, die allerdings deutlich länger waren, als bei ihrem Mann und fast bis zur Hüfte reichten, braune Augen, eine zierliche Figur und ein etwas schüchtern wirkendes Lächeln.

„Frau Perez hat Ihnen die Zimmer schon gezeigt, nehme ich an?“, fuhr er fort.

„Hat sie“, bestätigte Herr Tillmann gut gelaunt.

„Wenn Sie möchten, zeige ich Ihnen den Rest der Finca.“ In den letzten Monaten hatte er eine Art Rundgang entwickelt, bei dem er die neuen Gäste herumführte und ihnen die wichtigsten Informationen rund um die Finca und den Olivenanbau gab.

Das Grundstück, das er letztes Jahr nur aufgrund von Bildern aus dem Internet gekauft hatte, war ein absoluter Glücksfall gewesen. Es war von grünen Wiesen, hunderten Olivenbäumen sowie einigen Zitronen- und

Orangenbäumen umgeben und lag am Ende eines langen Weges, der von der Landstraße in Richtung Inca abging. Ein Gästehaus am Ende des Grundstücks war das Zuhause von Stella, Ramon und ihrem Sohn Santiago. Das gut erhaltene, im landestypischen Stil erbaute Haus hatte er damals mit in die Stellenanzeige gepackt, über die er Ramon und seine Frau angeworben hatte.

Die Finca selbst war ein Meisterwerk der traditionellen mallorquinischen Architektur, dessen Fassade mit wunderschönen Bougainvilleas in allen möglichen Farben bewachsen war.

Das absolute Highlight der Finca war aber sicherlich der riesige, mediterrane Garten mit seinen hohen Palmen und dem in der Sonne glitzernden Pool, der zum Erholen und Entspannen einlud.

„Das wäre sehr schön", stimmte Frau Tillmann zu. „Was wir bisher von der Finca gesehen haben, war schon einmal traumhaft."

Alexander nickte dankbar, dann bedeutete er den beiden, ihm zu folgen.

Gerade als sie die ersten Schritte vor die Tür gesetzt hatten, kam plötzlich ein lauthals brüllender und wild mit den Armen herumfuchtelnder Ramon angelaufen.

„Emanuel“, keuchte Ramon vollkommen außer Atem.

„Emanuel ist ein benachbarter Olivenbauer“, erklärte Alexander den verdutzt dreinblickenden Eheleuten Tillmann. Und an Ramon gewandt fuhr er fort. „Was ist denn mit Emanuel?“

„Es ist etwas passiert!“, war das Einzige, was der Gutsverwalter zustande brachte.

***

Die Sonne stand hoch am wolkenlosen blauen Himmel und eine leichte Brise wehte über den Strand.

Während Maria mit Carlotta im Wasser spielten, saß Carlos unter dem Sonnenschirm und genoss den Blick auf das türkis und blau funkelnde Mittelmeer.

Der Sand unter seinen Füßen fühlte sich warm und weich an, doch Carlos wusste, dass dies nur unter dem Sonnenschirm so war. Der Sand außerhalb des Schattens war in der Mittagssonne so heiß, dass man entweder nur mit Schuhen darauf gehen konnte oder schnell darüber laufen musste, um sich nicht die Fußsohlen zu verbrennen.

Doch im Augenblick störte ihn dies nicht. Carlos war viel zu sehr damit beschäftigt, auf das Meer zu schauen, als dass er an etwas anderes hätte denken können.

Sie waren in der Cala Mondragó, einer wunderschönen, naturbelassenen Bucht im Südosten Mallorcas. Der rund 75 Meter lange Strand von Cala Mondragó, war auch unter dem Namen Caló de Sa Font de n'Alis bekannt und lag eingebettet zwischen zwei markanten Felsvorsprüngen am jeweiligen Ende der Bucht. Er gehörte zu den schönsten Stränden der Insel und bestach mit seinem weißen Sand und dem ruhigen, klaren Wasser.

Und anstatt großer Hotelburgen hatte man hier Kiefern, Pinien und andere herrlich duftende Pflanzen im Rücken, die zum Wandern und Spazieren einluden.

Jetzt, mitten in der Hochsaison, war der Strand voll und selbst wenn man wie sie früh am Morgen hier war, war man nicht allein. Doch trotzdem war es herrlich hier und seine Tochter liebte es, im flachen Wasser nach Fischen und Krebsen zu suchen.

Carlos lächelte glücklich, als ein störendes Geräusch ihn aus seinen Gedanken riss. Es war das Brummen seines Handys, das er nur allzu gut kannte.

Er überlegte einen Augenblick, ob er den Anruf ignorieren sollte, entschied sich dann aber dagegen. Er wollte zumindest nachschauen, wer ihn an seinem freien Tag störte.

Ein Blick auf das Display zeigte ihm, dass es sein Freund Fernando war.

„Hola Fernando“, begrüßte er seinen Freund gut gelaunt.

„Hola Carlos“, erwiderte sein Kumpel. „Wo bist du gerade?“

„Am Strand. Und du?“

„Es gab einen Mord“, sagte Fernando, ohne auf Carlos‘ Frage einzugehen. Seine Stimme klang ernst, aber nicht verzweifelt. Carlos kannte seinen Freund gut genug, um allein an dessen Stimme zu erkennen, wie ernst eine Sache war.

Natürlich war ein Mord immer eine ernste Sache, aber aus der Sicht der Polizei gab es gewisse Unterschiede. Alles, was Folgen für den Tourismus hatte, hatte höchste Priorität und musste so schnell und geräuschlos wie möglich erledigt werden. Das war immer dann der Fall, wenn beispielsweise ein Tourist ermordet worden war und der Fall hohe Wellen in der nationalen und internationalen Presse schlug.

In diesen Fällen stand Fernando als Chefinspektor bei der Nationalpolizei unter hohem Druck seiner Vorgesetzten und klang dann immer entsprechend verzweifelt.

Doch davon schien er heute weit entfernt zu sein.

Carlos war gespannt zu erfahren, warum Fernando ihn trotzdem angerufen hatte.

„Einen Mord?“, wiederholte er entsprechend interessiert.

„Ein Olivenbauer in Inca ist erschlagen worden“, erläuterte Fernando.

„Und warum rufst du mich dann an?“, fragte er verwundert.

„Der Mann, der uns verständigt hat, ist ein Freund von dir! Alexander Tremmel. Sein Mitarbeiter und er haben die Leiche gefunden.“

Erschrocken und verwirrt zugleich zog Carlos die Augenbrauen hoch.

Alexander war tatsächlich ein Freund von ihm. Der Manager war letztes Jahr nach Mallorca gezogen und hatte ein Landhaus bei Inca gekauft. Kurz nach seiner Ankunft war ein Mann ermordet aufgefunden worden, neben dem er im Flugzeug gesessen hatte, sodass sie ihn befragt hatten und er ihnen am Ende bei der Lösung des Falls behilflich gewesen war.

„Ich bin gleich da“, sagte er.

Nachdem er aufgelegt hatte, schüttelte er ungläubig den Kopf. Der arme Alexander. Ständig wurde er in so einen Schlamassel hineingezogen, dabei wollte er doch nur in Ruhe Olivenöl produzieren und ein paar Gästezimmer vermieten.

Genervt blies er die Wangen auf und atmete dabei schwer aus.

„Alles in Ordnung?“

Unbemerkt hatten sich Maria und Carlotta ihm genährt. Während ihre Tochter vergnügt im Sand buddelte, schaute seine Frau ihn besorgt an.

„Es gab einen Mord“, antwortete er, „und Alexander hat die Leiche gefunden. Ich muss hinfahren und herausfinden, was passiert ist.“

Maria schaute ihn erschrocken an. Auch sie hatte den ehemaligen Manager in den letzten Monaten kennen und schätzen gelernt. „Er wird doch keine Probleme bekommen?“

Carlos schüttelte entschieden den Kopf. „Natürlich nicht, auch wenn die Polizei natürlich in alle Richtungen ermitteln muss, solange es keine konkreten Hinweise gibt.“

Sie packten ihre Sachen und fuhren nach Hause, wo Carlos seine Frau und Carlotta absetzte und anschließend direkt weiter in Richtung Inca fuhr.

***

Die Schiebetüren schwangen auf und ein Schwall heißer Luft, gemischt mit dem Benzingeruch der wartenden Reisebusse wehte ihm entgegen.

Tom lächelte zufrieden. Er war wieder zu Hause.

Während die Massen der ankommenden Touristen an ihm vorbei nach draußen strömten, blieb er kurz stehen und genoss diesen einmaligen Moment, den er jedes Mal, wenn er auf Mallorca ankam, so sehr liebte.

Dieses Mal würde er immerhin eine ganze

Woche bleiben. Verglichen mit den letzten Wochen und Monaten, in denen er immer nur zwei oder drei Tage hier sein konnte, war eine ganze Woche Mallorca purer Luxus.

Die Dreharbeiten zu der neuen Staffel seiner Sendung waren abgedreht und nun hatte er eine Woche Zeit, bevor er wegen der Postproduktion zurück nach Deutschland musste.

Langsam setzte er sich in Bewegung und trat ins Freie vor das Flughafengebäude. Von hier aus verteilten sich die ankommenden Touristen auf Reisebusse, Taxis und Mietwagen, mit denen sic auf der ganzen Insel verteilt wurden.

Er selbst ging an den Reisebussen zur Linken und den Taxis zur Rechten vorbei in Richtung des gegenüberliegenden Parkhauses, wo neben den Mietwagen auch Parkplätze für diejenigen vorhanden waren, die jemanden abholen wollten.

Ein Mitarbeiter seines Hotels sollte vor dem Parkhaus warten, um ihn mitzunehmen.

Bevor er zu seiner Finca bei Santa Maria del Cami fahren würde, wollte er in dem gerade eröffneten Hotel in Ses Salines nach dem Rechten sehen und vor allem Lisa, seine Verlobte, abholen.

Gemütlich schlenderte er in Richtung Parkhaus, überquerte den Zebrastreifen und wollte gerade nach dem Mitarbeiter Ausschau halten, als ihn eine nur allzu bekannte Stimme aus den Gedanken riss.

„Sind Sie nicht der bekannte Koch aus dem Fernsehen?“

Er lächelte glücklich und drehte sich zu der Person um.

„Der bin ich“, bestätigte Tom. „Und sind Sie nicht die Geschäftsführerin dieses neuen Hotels bei Ses Salines?“

Lisa lachte und schloss ihn in ihre Arme.

„Das ist aber eine angenehme Überraschung“, sagte er, nachdem er seiner Verlobten einen zärtlichen Kuss gegeben und sich aus ihrer Umarmung gelöst hatte. „Ich dachte einer der Mitarbeiter holt mich ab.“

„Das war eigentlich auch so geplant“, bestätigte

Lisa, „aber da im Moment alles sehr gut läuft, habe ich mir überlegt, dass ich mir den Rest des Tages freinehme und dich vom Flughafen abhole. Dann haben wir endlich einmal wieder etwas Zeit füreinander."

Tom nickte stumm. Tatsächlich hatten sie in den letzten Wochen kaum Zeit für sich gehabt. Entweder er war für seine Sendung unterwegs gewesen, oder sie hatten sich um das Hotel kümmern müssen. Obwohl Lisa eine hervorragende Geschäftsführerin war und sie alles so gut es ging organisiert hatten, war die Leitung des Hotels mit ständiger Arbeit verbunden. Entweder es gab irgendwelche Probleme mit dem Personal, die gelöst werden mussten, oder die Gäste hatten besondere Wünsche oder Fragen, die nur von Tom beziehungsweise Lisa beantwortet werden konnten. Es gab eigentlich immer etwas zu tun.

Umso mehr überrascht und erfreut war Tom, dass Lisa die Zeit gefunden hatte, ihn abzuholen.

Vielleicht war dies ein gutes Zeichen und

langsam pendelte sich alles ein. Schließlich hatten sie das Hotel erst vor rund zwei Monaten eröffnet.

„Dann fahren wir zuerst nach Santa Maria und ich packe kurz aus. Anschließend schauen wir einmal, was der Tag noch so bringt“, schlug er vor.

„Sehr gerne“, antwortete Lisa glücklich. Der Stress der letzten Wochen war nicht spurlos an ihr vorbeigegangen. Zwar sah sie wie immer äußerst gepflegt aus und war top gestylt, doch um ihre hübschen Augen mit den freundlichen Lachfalten waren dunkle Ringe, die eindeutig darauf hinwiesen, dass sie zu wenig Schlaf bekommen hatte. Sie sah müde aus.

„Vielleicht nimmst du dir einmal zwei Tage frei und ich kümmere mich um das Hotel“, sagte er spontan.

Lisa lächelte dankbar, schüttelte aber entschieden den Kopf.

„Danke, mein Schatz!“, hauchte sie ihm liebevoll entgegen, „aber ich weiß, dass du in den letzten Wochen mindestens genauso viel gearbeitet hast, wie ich. Dazu die ständige Reiserei. Wenn jemand Urlaub bräuchte, dann eher du. Ich schaffe das schon. Und wie ich schon gesagt habe, im Moment läuft alles sehr gut.“ Sie zwinkerte ihm aufmunternd zu.

Und wieder einmal hatte seine Verlobte recht. Die letzten Wochen waren extrem anstrengend gewesen. Für seine Sendung *Ein Himmelreich für gutes Essen* war er zu verschiedenen Orten auf der ganzen Welt gereist, um dort Land und Leute sowie vor allem deren Esskultur kennen zu lernen. Was im Fernsehen immer so leicht und lässig aussah, war in Wirklichkeit harte Arbeit. Und dieses Mal kam erschwerend hinzu, dass der Sender die neue Staffel seiner im ganz deutschsprachigen Raum beliebten Sendung zeitnah haben wollte und der Zeitplan daher noch enger war, als ohnehin bei solchen Produktionen.

Jetzt, wo die Dreharbeiten abgeschlossen waren, merkte er, wie erschöpft er doch war.

Wortlos nickte er. Lisa kannte ihn einfach zu

gut. Er war wie ein offenes Buch für sie und die paar Augenblicke, die sie sich gesehen hatten, hatten ihr ausgereicht, um zu erkennen, wie es ihm ging.

„Dann lass uns aufbrechen“, sagte er und fasste seine Verlobte an der Hand.

Vielleicht konnten sie sich beide in den nächsten Tagen etwas erholen.

***

„Was haben wir?“

Von Santanyí aus hatte Carlos knapp eine Stunde bis nach Inca gebraucht. Der Tatort lag auf einem großen, mit Olivenbäumen bepflanzten Grundstück, das direkt an jenes von Alexander grenzte. Er konnte von hier sogar dessen Finca sehen, die eingebettet zwischen Oliven-, Orangen- und Zitronenbäumen am hinteren Ende des Grundstücks lag und einen wildromantischen Charme versprühte.

Der Manager hatte in Carlos‘ Augen einen

wirklich guten Kauf getätigt und das in einen Dornröschenschlaf verfallene Haus mit neuem Leben gefüllt.

Und das Olivenöl von Alexander war von herausragender Qualität sowie einem fantastischen Geschmack. Die Entscheidung, im Café Mercado zukünftig nur noch mit diesem Öl zu kochen, war ihm nicht schwergefallen.

„Der Tote heißt Emanuel Borrel", riss ihn Fernandos Stimme aus den Gedanken. Der Chefinspektor der Nationalpolizei war wie immer frisch rasiert, hatte seine schwarzen Haare ordentlich gekämmt und trug eine Jeans zu einem weißen Hemd.

„Er ist 65 Jahre alt und wurde, wie es aussieht, von hinten erschlagen." Fernando deutete mit einem Kopfnicken zu Iker. Der Gerichtsmediziner mit den grau melierten Haaren hatte gerade den Abtransport der Leiche genehmigt und kam zu ihnen hinüber.

„Hallo Carlos, schön dich zu sehen." Iker grinste fröhlich.

Carlos schüttelte innerlich den Kopf. Er konnte nicht nachvollziehen, wie Iker es schaffte, immer so gut gelaunt zu sein. Bei seiner Arbeit hatte er schließlich fast täglich Tote auf dem Untersuchungstisch, an denen er verschiedenste Untersuchungen durchführen musste.

Eine Arbeit, die nichts für Carlos gewesen wäre.

Aber er war dankbar, einen so ausgezeichneten Gerichtsmediziner wie Iker Delgado an seiner Seite zu haben. Es gab niemanden, der so präzise arbeitete, wie der aus Barcelona stammende Iker. Es gab kein noch so kleines Detail, das er nicht fand und keine Wunde oder Verletzung, aus der er nicht die richtigen Schlussfolgerungen zog.

„Hola Iker“, antwortete er. „Was hast du bisher herausgefunden?“

„Das Opfer wurde erschlagen. Todesursache war eine stumpfe Gewalteinwirkung gegen den Hinterkopf. Vermutlich wurde er mit einem Stück Holz erschlagen, das danach verbrannt worden ist.“ Er deutete mit dem Kopf in eine

Ecke des Grundstücks, wo die verkohlten Überreste einer Feuerstelle noch rauchten.

„Den genauen Todeszeitpunkt muss ich noch feststellen“, fuhr Iker fort, „aber ich vermute, dass er noch nicht lange tot war, als die Nachbarn ihn gefunden haben. Vielleicht eine halbe Stunde.“

Carlos schaute auf die Uhr. Es war jetzt 11:45 Uhr am Vormittag. Der Mord musste also irgendwann am Vormittag stattgefunden haben. Vermutlich zwischen 09:00 Uhr und 10:00 Uhr am Morgen. Eine ungewöhnliche Zeit für einen Mord. Die meisten Mordfälle geschahen am Abend oder in der Nacht und nicht vormittags.

Nachdem der Gerichtsmediziner mit seinem Bericht fertig war, schaute Carlos zu Fernando. „Haben die Jungs von der Spurensicherung schon etwas gefunden?“

Sein Kumpel wog den Kopf unschlüssig hin und her. „Nichts, dass uns weiterbringen würde. Aber sie sind auch noch nicht fertig. Vielleicht finden sie noch etwas.“

Carlos nickte stumm. Die Kollegen von der Spurensicherung waren gute Beamte. Und ihr Chef, Enrique Costa, war ein akribischer Arbeiter, dem kein noch so winziges Detail entging. Wenn es brauchbare Spuren gab, würden sein Team und er diese finden.

Er schaute sich um. Auf der rechten Seite des Grundstücks gab es ein Haus aus landestypischen Natursteinen mit schönen, türkisfarbenen Schlagläden, das jedoch bei genauerem Hinsehen ein wenig in die Jahre gekommen war. Die Fenster waren trübe und von den Schlagläden blätterte an mehreren Stellen die Farbe ab. Ein nicht befestigter Weg führte vom Haus zu einem großen, eisernen Tor, hinter dem die Straße lag. Wenn die Spurensicherung fertig war, würden sie sich in dem Haus umschauen.

„Wo ist Alexander?“, fragte er Fernando.

„Der ist wieder auf seiner Finca und erholt sich von dem Schock. Er war allerdings nicht derjenige, der den Toten gefunden hat. Es war sein Gutsverwalter, ein gewisser Ramon Perez.“

Carlos kannte Ramon. Im letzten Jahr war er öfters bei Alexander gewesen und hatte dabei auch den Gutsverwalter und dessen Frau kennengelernt. Die beiden waren ein sympathisches Paar und hatten einen vierjährigen Sohn. Hoffentlich hatte der Anblick des Toten den armen Ramon nicht zu sehr mitgenommen.

„Dann sollten wir mit beiden sprechen“, sagte er.

Fernando nickte.

Sie gingen quer über das Grundstück in Richtung der Finca von Alexander. Ein kleines Holztor verband die beiden ansonsten durch eine Trockensteinmauer getrennten Grundstücke, sodass sie auf direktem Wege zum Haus des Deutschen gehen konnten.

Trotzdem brauchten sie zehn Minuten, bis sie die Finca erreicht hatten. Das Grundstück von Alexander Tremmel war beeindruckend groß und äußerst gut gepflegt. Carlos konnte ein Grinsen nicht unterdrücken. Obwohl Alexander sich so gut eingelebt und den örtlichen Gepflogenheiten angepasst hatte, war er tief in sich drin immer noch ein typischer Deutscher. Alles auf dem Grundstück war gepflegt und geordnet.

„Guten Morgen, Alexander“, begrüßte er seinen Freund, nachdem sie schließlich die Finca erreicht und bei Alexander geklingelt hatten.

Genau hier an der Eingangstür zu der im Erdgeschoss gelegenen Wohnung des ehemaligen Managers, die links und rechts von rot leuchtenden Bougainvilleas umgeben war, hatten sie sich vor ungefähr einem Jahr kennengelernt.

Damals hatten sie im Mordfall eines Deutschen ermittelt, der erschossen auf der Flughafentoilette gefunden worden war und der kurz vorher noch bei Alexander angerufen hatte. Obwohl Alexander anfangs als Verdächtiger galt, hatte sich schnell herausgestellt, dass er mit der Sache nichts zu tun gehabt hatte und schlussendlich hatte er ihnen bei der Lösung des Falls sogar geholfen.

„Hallo Carlos, gut, dass du da bist“, sagte

Alexander sichtlich erleichtert. Er trat einen Schritt zur Seite, damit sie eintreten konnten. Der ehemalige Manager trug ein weißes Leinenhemd zu einer beigefarbenen Leinenhose und dazu ein paar Sandalen. Von dem top gestylten Manager, der auf diversen Fotos zu sehen war, war nicht viel übriggeblieben, was jedoch nicht unbedingt ein Nachteil war. Er wirkte so deutlich sympathischer als in diesen vornehmen Klamotten.

Aus beruflicher Angewohnheit schaute Carlos sich um. Die Wohnung des Deutschen hatte sich seit seinem letzten Besuch kaum verändert. Vom Eingangsbereich gelangte man in das Wohnzimmer, in dessen Mitte ein Tisch aus dunklem, schwerem Holz mit vier Stühlen drum stand. An der Stirnwand stand ein Sideboard mit aufwendig geschnitzter Verzierung, das schon einige Jahre auf dem Buckel hatte.

Die antiken Möbel hatte Alexander vom Vorbesitzer übernommen und an einigen Stellen mit passenden modernen Elementen, wie einem anthrazitfarbenen Sofa ergänzt.

Auf dem Sofa saß Ramon Perez, der ziemlich mitgenommen aussah.

„Ich bin so schnell gekommen, wie ich konnte", erwiderte er, „geht es euch beiden gut?"

„Den Umständen entsprechend", antwortete Alexander, „ich war glücklicherweise vorgewarnt. Aber Ramon hier hat sich ganz schön erschrocken." Er deutete auf den Gutsverwalter, der regungslos auf dem Sofa saß und ins Leere starrte.

„Können Sie mir sagen, was genau passiert ist und wie Sie den Toten entdeckt haben?", fragte er Herrn Perez. Dabei hatte er vorsorglich in Spanisch gesprochen, weil er nicht wusste, ob und wie gut Herr Perez Deutsch sprach.

Einen Augenblick lang passierte nichts, dann erwachte Herr Perez plötzlich aus seiner Erstarrung.

„Ich wollte nur kurz zu Emanuel hinüber und ihm ein Werkzeug bringen, um das er mich gebeten hatte", begann er. Seine Stimme klang hohl. „Ich bin durch das Tor gegangen und habe mich schon gewundert, warum er mitten im Sommer ein Feuer macht. Abfälle dürfen zurzeit doch gar nicht verbrannt werden.“

Carlos nickte. Er kannte die strengen Vorschriften, die während der sommerlichen Trockenzeit galten und vor allem dazu dienen sollten, Waldbrände zu vermeiden.

„Und dann habe ich Emanuel plötzlich am Boden liegen sehen. Im ersten Augenblick dachte ich, dass er gestürzt ist und Probleme hat aufzustehen. Aber als ich näherkam, habe ich bemerkt, dass etwas nicht stimmt. Seine Augen waren starr und leer …“ Der Gutsverwalter stockte. Tränen liefen ihm die Wange hinab.

„Und was haben Sie dann gemacht?“, hakte Carlos mit sanfter Stimme nach.

„Ich habe seinen Puls gefühlt“, berichtete Herr Perez mit tränenerstickter Stimme. „Dabei habe ich die Wunde an seinem Hinterkopf bemerkt. Da wusste ich, dass er tot ist.“ Er machte eine kurze Pause und holte tief Luft, bevor er weitersprach. „Ich bin dann so schnell ich konnte zu Alexander gelaufen und habe ihn geholt."

Carlos schaute zu Alexander, der zustimmend nickte und das Gespräch übernahm.

„Ramon hat mir erzählt, was er gesehen hat und dass er glaubt, dass Emanuel tot ist. Wir haben dann noch auf dem Weg zu ihm einen Krankenwagen und die Polizei angerufen. Den Rest der Geschichte kennt ihr."

„Hatte Emanuel Borrel irgendwelche Feinde?", fragte Carlos.

Alexander blies entnervt die Wangen auf. „Das ist eine gute Frage. Nicht, dass ich wüsste. Emanuel war ein guter Mensch. Ein einfacher Olivenbauer mit einem großen Herzen. Zumindest, wenn man ihn besser kannte."

„Das bedeutet?", schaltete sich Fernando in das Gespräch ein.

„Als ich hier angefangen habe, hat es ein wenig gedauert, bis Emanuel mich akzeptiert hat. Zuerst dachte ich, es liegt daran, dass ich ein Ausländer bin. Doch nach und nach hat sich herausgestellt, dass Emanuel grundsätzlich ein misstrauischer Mensch ist und auf Fremde abweisend und manchmal auch grob wirkt. Aber wenn er einen erst einmal kennt, ist er ein liebenswerter und hilfsbereiter Mensch.“

„Also wisst ihr nicht, ob er irgendwelche Feinde hatte?“, fasste Fernando zusammen. Dabei schaute er enttäuscht aus.

Alexander schaute zu Ramon. „Du kanntest ihn etwas besser als ich.“

Der Gutsverwalter überlegte einen Moment, dann zuckte er unschlüssig mit den Schultern.

„Das Einzige, was er mal erzählt hat, ist, dass er einen Bruder hat, mit dem er sich nicht gut versteht. Ansonsten fällt mir nichts ein.“

Fernando und Carlos tauschten ein paar Blicke. Es wäre nicht das erste Mal, dass ein Familienstreit tödlich endet. Sie würden mit dem Bruder reden.

„Vielen Dank, ihr habt uns sehr geholfen“, sagte Carlos. „Der Form halber werdet ihr noch eure Aussage zu Protokoll geben müssen. Sollte euch noch irgendetwas einfallen, egal was, ruft uns bitte an. Unsere Nummern hast du ja.“ Er schaute zu Alexander, der müde nickte. Die Sache hatte ihn ziemlich mitgenommen.

Sie verabschiedeten sich von dem Gutsverwalter und von Alexander und machten sich auf den Weg zurück zum Tatort.

„Paolo soll den Namen und die Adresse des Bruders herausfinden. Mit ihm sollten wir zuerst sprechen“, sagte Carlos, während sie über die Olivenplantage gingen.

Fernando nickte zustimmend. Er zückte sein Handy und rief den jungen, ehrgeizigen Inspektor an, um ihm die entsprechende Anweisung zu geben.

Als er das Gespräch schließlich beendet hatte, waren sie wieder auf dem Grundstück von Herrn Borrel angekommen Die Kollegen der Spurensicherung waren immer noch damit beschäftigt, jeden Zentimeter des Tatorts nach Spuren und Hinweisen abzusuchen, doch auf Fernandos Frage nach neuen Erkenntnissen schüttelte der angesprochene Kollege mitleidig den Kopf.

„Was machen wir jetzt?“, fragte Fernando.

„Wenn Paolo länger braucht, fahre ich noch einmal ins Café Mercado …“, begann Carlos, als sein Telefon klingelte. Er schaute auf das Display und stellte erfreut fest, dass es Tom war.

„Herr Himmelreich, was verschafft mir die Ehre Ihres Anrufs?“, begrüßte er den berühmten Fernsehkoch.

„Ich bin heute auf der Insel angekommen und wollte fragen, ob wir uns die Tage einmal treffen?“

„Auf jeden Fall“, erwiderte Carlos ohne zu zögern. „Hast du ein neues Restaurant, das wir ausprobieren können?“

„Selbstverständlich“, antwortete Tom gut gelaunt.

„Wie wäre es mit morgen Abend?“, schlug Carlos vor, der in Gedanken schnell den Dienstplan vom Café Mercado durchgegangen war und festgestellt hatte, dass er sich Morgen für die Frühschicht eingeteilt hatte.

„Sehr gerne“, sagte Tom.

Sie verabredeten, dass Tom ihm noch eine Nachricht schreiben würde, wo sie essen gehen würden, dann verabschiedeten sie sich.

„Ich habe die Adresse“, rief Fernando, als Carlos gerade aufgelegt hatte.

„Er heißt Antonio Borrel und wohnt in Sa Pobla. Außerdem hat der Tote noch einen Sohn namens Pepe, der in Colonia de Sant Jordi wohnt.“

„Und eine Frau?“, fragte Carlos.

„Die ist vor einigen Jahren gestorben“, antwortete Fernando. Paolo hatte ganze Arbeit geleistet und seinen Vorgesetzten mit jeder Menge Informationen versorgt.

„Dann sollten wir zuerst mit dem Bruder sprechen“, schlug er vor.

„Ich nehme an, wir kündigen unseren Besuch nicht vorher an?“ fragte Fernando mit einem Lächeln im Gesicht.

Auch Carlos musste Grinsen. Fernando kannte

ihn einfach zu gut. Er bevorzugte es, unangekündigt mit Zeugen oder Verdächtigen zu sprechen, damit diese sich keine Ausreden und Lügen zurechtlegen oder Alibis erfinden konnten. Wenn man das Überraschungsmoment auf seiner Seite hatte, war es deutlich einfacher, die Wahrheit aus seinem Gegenüber herauszubekommen. Das hatte er bei seiner Arbeit als Kriminalhauptkommissar in Deutschland gelernt.

***

„Alles klar, Papa?“ Emilia schaute ihn sorgenvoll an.

Nachdem Fernando und Carlos aufgebrochen waren, waren Ramon und er zu dem Gästehaus gegangen, welches der Gutsverwalter mit seiner Frau und ihrem gemeinsamen Sohn bewohnten. Dort hatten Stella und Emilia auf sie gewartet. Die Gäste waren erst einmal versorgt und hatten außer einem aufgeregten Ramon nichts mitbekommen.

Und so sollte es vorerst auch bleiben.

„Mir geht es gut“, beruhigte er seine Tochter. „Ich hoffe nur, dass Fernando und Carlos den Mörder bald festnehmen können.“

Er schaute zu Ramon, der stumm zu seiner Frau gegangen war und nun wortlos in ihren Armen lag, während ihm Tränen die Wangen hinabliefen.

„Emanuel war so ein guter Kerl“, schluchzte Ramon plötzlich, „was für ein Mensch kann so etwas Grausames tun?“

Stella lächelte sanft und streichelte ihrem Mann zärtlich über den Rücken.

„Ich mache uns etwas zu trinken“, sagte sie nach ein paar Augenblicken und löste sich sanft aus seiner Umarmung.

Währenddessen dachte Alexander nach. Ramons Frage war berechtigt. Wer hätte dem alten Emanuel so etwas antuen sollen? Er hatte zwar nicht das engste Verhältnis zu seinem Nachbarn gehabt, doch er hatte ihn immerhin so gut gekannt, dass er sich eigentlich sicher war, dass es keinen Grund gab, ihn umzubringen. Weder hatte Emanuel besonders viel Geld gehabt, noch hatte er Feinde, die ihm etwas Böses hätten wollen können.

Warum also hatte er sterben müssen?

Wie schon im letzten Jahr war seine Neugier geweckt. Er würde Carlos in den nächsten Tagen öfters anrufen und ihn nach Neuigkeiten fragen. Und vielleicht konnte er irgendwie dabei helfen, den Fall zu lösen.

„Ich gehe dann mal wieder ins Haupthaus und kümmere mich um die Gäste“, erklang die Stimme seiner Tochter und riss ihn aus seinen Gedanken.

Emilia lächelte ihn aufmunternd an, bevor sie sich zur Türe umdrehte und nach draußen verschwand. Alexander schaute ihr irritiert nach. Ihre Stimme hatte komisch geklungen. War sie traurig? Hatte der Tod des Nachbarn sie so mitgenommen?

Er schaute zu Ramon. Dieser schien sich ein

wenig beruhigt zu haben und schaute ebenfalls verwirrt aus.

„Hast du auch den Eindruck, dass Emilia seltsam war?“, fragte Alexander.

Ramon starrte nachdenklich ins Leere, bevor sein Blick zu ihm wanderte.

„Ich glaube, etwas beschäftigt sie“, sagte er.

„Meinst du, es hat etwas mit dem Tod von Emanuel zu tun?“ Er hatte die Frage gestellt, obwohl er die Antwort bereits zu kennen glaubte.

„Ich denke nicht, dass es damit etwas zu tun hat“, stellte Ramon nüchtern fest und zuckte mitleidig mit den Schultern.

Alexander nickte. Das hatte er befürchtet. Er musste mit Emilia reden. Nach dem Tod seiner Frau, war seine Tochter das Einzige, was ihm geblieben war. Er konnte es nicht mit ansehen, wenn es ihr schlecht ging.

Erst seit gut einem Jahr hatte er überhaupt wieder ein gutes Verhältnis zu Emilia. Nachdem er nach Mallorca gekommen und seine persönlichen Probleme in den Griff bekommen hatte, war auch das Verhältnis zu seiner Tochter, das nach dem Tod seiner Frau so angespannt gewesen war, endlich wieder besser geworden. Und als sie dann für einen Besuch auf die Insel gekommen war und spontan beschlossen hatte, zu bleiben, hatte er sein Glück kaum fassen können. Sie war in den letzten Monaten so gut gelaunt gewesen. Er wollte nicht, dass es ihr plötzlich schlecht ging. Vielleicht war sie unglücklich verliebt?

Nachdenklich kratzte er sich am Kopf. Das war nicht unbedingt etwas, was sie mit ihm besprechen würde.

In diesem Moment kam Stella mit einem Tablett, Gläsern und einer Karaffe Mineralwasser aus der Küche.

Stella! Natürlich! Ramons Frau und Emilia verstanden sich hervorragend und waren gute Freundinnen geworden. Wenn jemand herausfinden könnte, was mit Emilia los war, dann war es Stella.

Als die Frau des Gutsverwalters das Tablett

abgestellt und ihnen ein Glas eingeschenkt hatte, lächelte er sie übertrieben freundlich an.

„Stella?“, begann er langsam.

Diese zog überrascht die Augenbrauen hoch. Sie kannte diesen Tonfall und fragte sich, welche Aufgabe er nun wieder für sie hatte.

„Ja?“

„Du bist doch gut mit Emilia befreundet?“

„Ja, und?“

„Könntest du einmal in Ruhe mit ihr reden und herausfinden, ob sie irgendetwas hat?“

Stella schaute zwischen Ramon und Alexander hin und her.

„Ist es euch endlich aufgefallen?“

Nun war es Alexander, der überrascht schaute. Was sollte das bedeuten? Was wusste Stella, was er nicht wusste? Und wie lange schon?

„Was meinst du damit?“, fragte er. Auch Ramon schaute seine Frau neugierig an.

„Männer“, sagte sie Zunge schnalzend und schüttelte den Kopf.

Alexander schaute zu Ramon, der jedoch

lediglich hilflos die Achseln zuckte.

„Sie ist unglücklich“, sagte Stella nach einer gefühlten Ewigkeit, in der sie die beiden tadelnd angeschaut hatte.

„Aber warum?“, fragte Alexander, der einen Kloß im Hals spürte.

Stella lächelte und schaute ihn dabei aus ihren großen dunklen Augen an. Aber dieses Mal war es ein mildes, nachsichtiges Lächeln.

„Das wirst du schon selbst herausfinden müssen. Du solltest dich einmal in Ruhe mit ihr unterhalten.“

Genervt blies er die Wangen auf. Das war keine sehr hilfreiche Antwort. Doch an Stellas Blick konnte er erkennen, dass es keinen Sinn machte, weitere Fragen zu stellen. Das Gespräch war beendet. Ihm blieb nichts anderes übrig. Er würde mit Emilia sprechen müssen. Und zwar bald. Der Gedanke, dass seine Tochter unglücklich war, ließ ihm keine Ruhe.

In diesem Moment klopfte es an der Türe.

Ramon ging nach vorne und öffnete. Wenige

Augenblicke später kam er zurück ins Wohnzimmer. Ein Polizist in Uniform folgte ihm.

„Wir sollen unsere Aussage noch zu Protokoll geben“, erklärte Ramon.

Alexander nickte. Wegen der Sorge um seine Tochter hatte er den Mord fast vergessen. Und auch Ramon hatte die Ablenkung sichtlich gutgetan.

Kapitel II

Sa Pobla war ein malerisches Städtchen im Herzen Mallorcas. Eingebettet in eine weite, fruchtbare Ebene, umgeben von majestätischen Bergen und endlosen Feldern, war das Dorf für seine Landwirtschaft und vor allem für seine Kartoffeln berühmt.

Für Carlos strahlte Sa Pobla eine ungezähmte Romantik aus, die in ihrer Ursprünglichkeit und zeitlosen Schönheit einzigartig war. Wenn sonntags der Wochenmarkt in dem Ort stattfand, begegneten einem die Düfte des frischen Gemüses und der reifen Früchte, die an den verschiedenen Ständen feilgeboten wurden und vermischten sich manchmal mit dem erdigen Aroma der umliegenden Äcker.

In Sa Pobla selbst gab es pittoreske Straßen und schöne alte Gebäude, deren manchmal etwas in die Jahre gekommene Fassaden von einer reichen Geschichte zeugten.

Maria und Carlos waren schon oft hier gewesen

und hatten dabei auch die imposante Pfarrkirche Sant Antoni Abat im Zentrum des Ortes besucht. Diese thronte majestätisch über dem bunten Treiben des Hauptplatzes, der Plaça Major.

Von Inca aus waren sie über die Ma-13 gefahren und hatten keine zwanzig Minuten gebraucht, um hierher zu kommen.

Das Haus von Antonio Borrel lag in einer ruhigen Seitenstraße und war von außen vollkommen unauffällig. Die sandsteinfarbene Fassade wies an einigen Stellen Risse auf und passte damit gut zu den angrenzenden Häusern, die ihre besten Jahre augenscheinlich bereits hinter sich hatten und dringend einmal renoviert werden müssten.

Nachdem Carlos geklingelt hatte, trat er einen Schritt zurück und wartete ab, ob ihnen jemand öffnen würde. Dabei schaute er sich gründlich um.

Niemand war auf der Straße und die Schlagläden der meisten Häuser waren zugeklappt. Das lag an der Hitze, die derzeit auf den Straßen herrschte und die man versuchte aus dem Haus herauszuhalten.

Das Geräusch eines sich öffnenden Türschloss riss ihn aus seinen Gedanken.

Ein älterer Herr öffnete die Tür und schaute sie misstrauisch an.

„Mein Name ist Fernando Gonzalez, Chefinspektor bei der Nationalpolizei“, begann Fernando auf seine routinierte Art. „Das hier ist mein Kollege Carlos Nuñoz. Sind Sie Antonio Borrel?“ Während er gesprochen hatte, hatte er dem Mann seinen Ausweis präsentiert.

Herr Borrel nickte. „Was wollen Sie?“, fragte er.

Wie die meisten Menschen wirkte er aufgrund des überraschenden Auftauchens der beiden Polizisten eingeschüchtert.

Carlos hatte den alten Herrn unauffällig gemustert. Er hatte graue Haare, sonnengegerbte Haut mit Lachfalten um die Augen und trug ein blaues Hemd zu einer braunen, kurzen Hose.

„Wir müssen Ihnen leider mitteilen, dass Ihr

Bruder, Emanuel Borrel, heute Morgen verstorben ist“, erklärte Fernando.

Die Nachricht vom Tod seines Bruders ließ die Gesichtszüge des alten Mannes entgleiten. Wenn er etwas mit dem Tod seines Bruders zu tun hatte, war er ein ausgesprochen guter Schauspieler.

„Emanuel ist tot? Aber wie kann das sein? Wir haben uns doch letzte Woche noch gesehen?“ Tränen liefen ihm die Wange hinab und seine Stimme wirkte dünn und brüchig.

„Er wurde umgebracht“, sagte Fernando in einem ruhigen und nüchternen Ton, während er den alten Herrn erbarmungslos mit seinen Augen fixierte.

Doch falls er erwartet hatte, etwas wie Schuld in dessen Augen zu sehen, wurde er enttäuscht.

Antonio Borrel wirkte entsetzt und schockiert. Mit offenem Mund und ausdruckslosen Augen starrte er fassungslos in die Leere.

„Dürfen wir hereinkommen?“, fragte Carlos in einem mitfühlenden Ton. „Es gibt ein paar

Fragen, die wir Ihnen stellen müssen."

Herr Borrel schaute ihn verwirrt an. Dabei wirkte er völlig abwesend.

Er brauchte ein paar Augenblicke, um die Frage zu verstehen. Dann nickte er schließlich und trat einen Schritt zur Seite. „Selbstverständlich, kommen Sie bitte herein."

Wie bei vielen alten Stadthäusern stand man direkt im Wohnzimmer, sobald man die Haustür passiert hatte.

Aufmerksam schaute Carlos sich um. Der Boden war mit mediterranen Fliesen versehen und die Wände waren in warmen, neutralen Farben gestrichen. In der Mitte des Wohnzimmers stand ein massiver Holztisch, der von kunstvoll geschnitzten Stühlen umgeben war. Eine alte Kommode mit Verzierungen diente als Blickfang, während ein bequemer Ledersessel neben einem schmiedeeisernen Kamin zum Verweilen an kalten Wintertagen einlud. Regale aus dunklem Holz, gefüllt mit alten Büchern und dekorativen Objekten verliehen dem Raum eine angenehme Atmosphäre. Alles in allem war das Haus innen in einem deutlich besseren Zustand als außen.

„Was ist passiert?“, fragte Señor Borrel, nachdem er sich kraftlos in den Ledersessel hatte sinken lassen.

„Ihr Bruder wurde erschlagen“, erklärte Fernando. „Können Sie uns sagen, wo Sie heute Morgen zwischen 09:00 Uhr und 10:00 Uhr gewesen sind?“

Der alte Mann wurde plötzlich ganz blass. „Glauben Sie, dass ich etwas mit dem Mord an meinem Bruder zu tun habe?“

„Im Moment dürfen wir nichts ausschließen“, erklärte Carlos.

Der Bruder von Emanuel Borrel schaute ihn einen Augenblick lang verständnislos an. Dann schüttelte er den Kopf.

„Ich war zu Hause. Allein!“

„Stimmt es, dass Sie Ärger mit Ihrem Bruder hatten?“, übernahm erneut Fernando das Gespräch.

Der alte Mann zuckte unschlüssig mit den Achseln. „Ärger würde ich es nicht nennen. Wir hatten jahrelang ein angespanntes Verhältnis, weil mein Bruder die Grundstücke mit den Olivenbäumen von unseren Eltern geerbt hat, obwohl ich der Ältere von uns beiden bin. Eigentlich hätte dieses Land mir zugestanden."

„Und warum hat er das Land bekommen, anstatt Sie?", hakte Fernando nach.

Carlos erkannte an dessen Stimmlage, dass er glaubte, auf der richtigen Fährte zu sein.

„Meine Eltern hielten mich für nicht verantwortungsvoll genug. Sie dachten, ich wäre faul und würde das Land nicht so bewirtschaften, wie sie es sich vorgestellt hatten."

„Und? Hatten Ihre Eltern recht?", wollte Carlos wissen. Er war überrascht von der Ehrlichkeit, mit der Señor Borrel sprach.

Der alte Mann lächelte. „Leider ja, zumindest damals. Ich war ein Faulpelz und ein Tagträumer. Erst, nachdem meine Eltern mich enterbt hatten, fing ich an, über mein Leben nachzudenken.“

„Und deswegen hatten Sie ein schlechtes Verhältnis mit Ihrem Bruder?“, fragte Fernando genervt. Er hatte das Gefühl, dass das Gespräch gerade nicht in die richtige Richtung lief.

„Wie ich schon sagte“, begann Herr Borrel, „wir hatten ein angespanntes Verhältnis. Aber in den letzten Jahren hat es sich wesentlich verbessert.“

„Gibt es Zeugen, die Sie heute hier gesehen haben?“, wollte Fernando wissen.

Señor Borrel schüttelte den Kopf, dann stockte er plötzlich und dachte über etwas nach. „Zwischen 09:00 Uhr und 10:00 Uhr sagten Sie? Wenn ich mich nicht komplett irre, war ich heute gegen 09:00 Uhr im Supermarkt. Eine der Angestellten kennt mich und kann das sicher bestätigen. Ich habe mich kurz mit ihr über die Kartoffeln unterhalten.“

Fernando und Carlos tauschten ein paar Blicke. Während Fernando an der Aussage von Herrn Borrel zweifelte, glaubte Carlos ihm. Zwar müssten sie sein Alibi überprüfen, doch er glaubte nicht, dass Antonio Borrel etwas mit dem Tod seines Bruders zu tun hatte.

„Sie sagten, dass sich Ihr Verhältnis zu Ihrem Bruder in den letzten Jahren deutlich verbessert hat“, fragte Carlos, „wie genau hat sich das bemerkbar gemacht?“

„Nachdem ich mein Leben geändert und angefangen habe, hart zu arbeiten, hat sich auch meine Einstellung zu meinem Bruder geändert“, erklärte Señor Borrel. „Ich habe mir ein Stück Land in Sa Pobla gekauft und angefangen, Kartoffeln anzubauen. Mit der Zeit verbesserten sich meine Ernte-Ergebnisse und ich konnte mir noch ein weiteres Stück Land kaufen. Zu dieser Zeit habe ich verstanden, was es heißt, wenn man sich selbst etwas aufbaut, so wie es meine Eltern getan haben. Und ich verstand, dass sie wollten, dass ihr Erbe fortbesteht. Mein Bruder war ein ehrlicher Arbeiter. Er war die bessere Wahl als ich. Das habe ich irgendwann verstanden. Und damit verschwand auch der Groll auf meinen

Bruder.“ Er machte eine kurze Pause und schaute versonnen zum Fenster.

„Irgendwann haben wir uns am Telefon ausgesprochen und kurz danach auch das erste Mal seit vielen Jahren wieder getroffen. Emanuel war stolz auf mich und auf das, was ich aus mir gemacht habe. Und ich war stolz darauf, wie er die Olivenplantage unserer Eltern ausgebaut hat. Am Ende gab es keinen Groll mehr.“

„Wissen Sie, ob Ihr Bruder sonst mit irgendwem Ärger hatte?“, unterbrach ihn Carlos sanft.

Señor Borrel schüttelte den Kopf. „Nicht, dass ich wüsste. Aber vielleicht sprechen Sie einmal mit seinem Sohn. Pepe weiß sicherlich mehr als ich.“

Sie ließen sich von Herrn Borrel noch den Namen der Verkäuferin sowie die Adresse des Supermarktes geben, bevor sie sich von dem alten Mallorquiner verabschiedeten.

„Glaubst du das Gefasel von wegen ich habe mich geändert und so?“, fragte Fernando, als sie wieder im Auto saßen. Sein Freund schaute ihn zweifelnd an.

Carlos lächelte. Er kannte diesen Gesichtsausdruck. Etwas passte Fernando nicht. Und er war sich nicht sicher, ob dies etwas mit dem aktuellen Fall zu tun hatte.

„Was ist los?“, fragte er daher.

Zuerst schaute Fernando ihn irritiert an und für einen Moment sah es so aus, als wollte er etwas sagen, doch dann hielt er inne und nickte zustimmend. Er holte tief Luft und begann zu erzählen: „Ich bin im Moment ein wenig gestresst von dcr Arbeit.“

Carlos zog überrascht die Augenbrauen hoch. Solange er Fernando kannte, war dieser ein Vollblut-Polizist gewesen, der wie kaum jemand anderes für seine Arbeit brannte.

Doch er hatte am eigenen Leib erlebt, wie ermüdend und kräftezehrend die Arbeit als Polizist sein konnte. Also sagte er nichts, sondern hörte zu, was Fernando ihm berichten würde.

„Wir sind chronisch unterbesetzt und ständig kommt Druck von oben. Jeder Fall muss möglichst schnell gelöst werden und wenn es irgendwelche Auswirkungen auf den Tourismus haben könnte, wird noch einmal extra Druck gemacht. Hauptsache, die Touristen kommen weiter so zahlreich nach Mallorca.“ Er schüttelte den Kopf. „Ich habe einfach keine Lust mehr auf diesen ganzen Zirkus.“

Carlos schaute seinen Freund nachdenklich an. Er konnte seine Verdrossenheit sehr gut nachvollziehen. Natürlich könnte dies nur eine vorübergehende Phase sein, die bald vorbei war. Es konnte aber womöglich der Beginn von etwas Ernsterem und länger Anhaltendem sein. Und um das zu vermeiden, sollte er etwas unternehmen.

„Es ist schon spät“, sagte er mit einem Blick auf die Uhr. „Lass uns für heute Schluss machen. Morgen früh fahren wir dann nach Colonia de Sant Jordi, in Ordnung?“

Sein Freund schaute ihn irritiert an. Zum einen,

weil es erst 16:00 Uhr nachmittags war und zum anderen, weil Carlos nicht auf seine Äußerungen eingegangen war. Doch bevor er etwas sagen konnte, hob Carlos die Hand.

„Lass uns jetzt nach Port d'Alcudia fahren und an den Strand setzen", schlug er vor. „Dann können wir uns in Ruhe über die Arbeit unterhalten."

Fernando schaute im ersten Moment verwirrt aus. Dann lächelte er.

„Warum eigentlich nicht?"

***

„Das Eis ist wirklich köstlich", stellte Tom zufrieden fest.

Nachdem sie nach Santa Maria gefahren waren und er seine Sachen ausgepackt hatte, hatten sie beschlossen, einen Ausflug nach Palma beziehungsweise in das zu Palma gehörende ehemalige Fischerdorf Portixol zu machen.

Portixol lag etwa zwei Kilometer von der

Kathedrale Richtung Flughafen entfernt und war einer der Hotspots von Mallorca. Bars, Cafés und Restaurants säumten die Uferpromenade und boten neben erfrischenden Getränken vor allem ausgefeilte Speisen und Tapas in allen erdenklichen Variationen.

Tom war oft hier und probierte neue, angesagte Restaurants aus, die in Portixol immer wieder eröffneten und leider nicht selten auch wieder schlossen.

Heute hatten sie sich ein Eis gegönnt und spazierten nun bei herrlichstem Sonnenschein die Uferpromenade entlang. Das Meer funkelte tiefblau, während in kurzer Entfernung diverse Motorboote und Segeljachten über das glitzernde Wasser rauschten.

„Das ist es“, bestätigte Lisa, die genüsslich an einer Kugel Stracciatella lutschte.

„Und im Hotel läuft alles?“, wechselte Tom das Thema. Eigentlich hatte er erst morgen wieder über die Arbeit sprechen wollen, aber er war einfach zu neugierig darauf zu erfahren, wie sich das Hotel entwickelte.

Lisa schmunzelte. „Du kannst es einfach nicht lassen, nicht wahr?“

Tom verzog schuldbewusst das Gesicht, doch bevor er antworten konnte, zog Lisa ihn zu sich und gab ihm einen leidenschaftlichen Kuss.

„Alles läuft bestens“, sagte sie, nachdem sie von ihm abgelassen und er seine Überraschung überwunden hatte. „Das Personal wird langsam zu einem eingespielten Team und die Abläufe werden immer flüssiger. Die Gäste waren ja von Anfang an begeistert. Und trotzdem gibt es in letzter Zeit noch ein wenig mehr Lob.“ Sie machte eine kurze Pause. „Ich denke, im Moment könnte es kaum besser laufen. Und deshalb kann ich mir auch ab und zu einmal frei nehmen.“

Tom wollte etwas sagen, doch seine Verlobte legte ihm den Finger auf dem Mund.

„Und alles andere hat Zeit bis morgen.“

Tom nickte. Natürlich hatte es das. Wenn Lisa das sagte, stimmte es. Und er musste zugeben, dass ihm der zwanglose Spaziergang auf der Promenade sehr guttat. Obwohl es heiß war, tat die salzige Meeresluft seinen Bronchien gut und das sanfte Rauschen des Meeres hatte eine unheimlich beruhigende Wirkung.

„Wir sollten nachher noch eine Runde im Pool schwimmen“, stellte er rundum glücklich fest.

Lisa nickte. „Das sollten wir.“

***

„Ich kenne niemand anderen, der mit so viel Herzblut bei der Arbeit ist“, sagte Carlos und nippte an dem heiß dampfenden Cortado, den ihnen die Kellnerin gerade gebracht hatte.

Sie saßen in einem der zahlreichen Cafés an der Uferpromenade von Port d’Alcudia.

Der Hafenort lag an der Nordküste Mallorcas und gehörte zu den beliebtesten Ferienorten der Insel. Der lange, flach abfallende Sandstrand, der zusammen mit der Playa Muro den längsten Strand von Mallorca bildete, war sowohl bei

Familien als auch bei Wassersportlern äußerst beliebt und bot alles, was das Urlauber-Herz begehrte. Auch das dahinter liegende Naturschutzgebiet und das naheliegende Alcúdia mit der schönen Altstadt und seiner gut erhaltenen Stadtmauer waren ebenfalls beliebte Ausflugsziele.

„Außer dir vielleicht“, entgegnete Fernando. Dabei hatte er dieses schelmische Lächeln aufgesetzt, was Carlos so sympathisch fand und in letzter Zeit bei seinem Kumpel vermisst hatte.

„Und trotzdem macht mir das alles im Moment keinen Spaß“, fuhr Fernando fort. „Ich habe das Gefühl in einem Hamsterrad zu sein und nicht von der Stelle zu kommen, egal wie schnell ich auch laufe.“

„Schau auf das Meer“, sagte Carlos mit ruhiger Stimme.

Das Meer funkelte an manchen Stellen türkis und grün und dort, wo es tiefer wurde, dunkelblau. Der wolkenlose Himmel spiegelte sich auf der Meeresoberfläche und erzeugte dabei diese einmalig schöne Farbe.

„Als ich in Deutschland war, dachte ich, dass ich glücklich bin“, fuhr er fort. „Bis ich irgendwann bemerkte, dass ich es nicht bin.“

Fernando nickte. Sie hatten schon oft über Carlos‘ Vergangenheit in Deutschland und die Arbeit bei der Kriminalpolizei gesprochen.

„Ich wusste nicht genau, was es war“, sagte er, „doch ich fühlte mich oft ausgelaugt, leer und vor allem unendlich müde.“ Der Gedanke an diese unglückliche Zeit ließ ihn innerlich erschaudern. „Dann habe ich mir ein Jahr Auszeit genommen und bin nach Mallorca zurückgekehrt. Hauptsächlich, um den vermeintlichen Unfalltod meiner Mutter zu verarbeiten.“

Fernando nickte. Er konnte sich noch gut an ihren ersten gemeinsamen Fall erinnern.

„Doch heute glaube ich, dass ich so schlecht drauf war, weil ich etwas vermisst habe.“

„Du sprichst vom Meer?“, schlussfolgerte Fernando.

„Ich spreche von allem hier. Von dem Meer, der Luft, dem Wetter, den Lichtverhältnissen und der ganzen Atmosphäre. Als ich jung war, wusste ich das nicht zu schätzen. Wahrscheinlich, weil es für mich ganz selbstverständlich war. Aber wenn du das alles erst einmal nicht mehr hast, bemerkst du, wie sehr es dir fehlt."

„Und was hat das mit meiner Arbeit zu tun?", wollte sein Kumpel wissen. „Ich habe ja nicht gleich vor, Mallorca zu verlassen."

„Die Arbeit als Polizist ist das, was dich ausmacht und erfüllt", sagte Carlos. Dabei schaute er Fernando fest in die Augen. „Ohne die Arbeit wärst du vielleicht eine Zeit lang glücklich, aber dann würdest du die gleiche Leere fühlen, die ich gefühlt habe."

Der Chefinspektor der Nationalpolizei verzog ungläubig das Gesicht.

„Die Arbeit bei der Polizei ist dein Mallorca", fuhr Carlos voller Überzeugung fort. „Und dass du diese Arbeit zufällig an einem der schönsten

Orte der Welt ausüben kannst, ist natürlich ein netter Zufall. Vielleicht solltest du einfach einmal eine Pause machen und dir ein paar Tage freinehmen."

„Das ist eine gute Idee", entgegnete Fernando sarkastisch, „du hast nur ein kleines Problem übersehen."

„Und zwar?"

„Es gibt einen Mordfall, der geklärt werden muss."

Carlos schmunzelte. „Darum kümmere ich mich. Nimm dir frei. Wenn es etwas Wichtiges gibt, sage ich dir Bescheid. Versprochen! Du wirst nichts verpassen."

Fernando sah nicht überzeugt aus. Doch nachdem er einen Augenblick lang nachgedacht hatte, nickte er schließlich.

„Vielleicht hast du recht. Aber wenn es etwas gibt, das ich wissen müsste, meldest du dich. Egal wann, verstanden?"

„Versprochen!", antwortete Carlos. Dabei hatte er die Finger hinter dem Rücken gekreuzt. Ein paar Tage Auszeit würden seinem Freund guttun. Und er kannte mittlerweile praktisch jeden Beamten auf dem Polizeirevier. Er würde gut alleine zurechtkommen.

Fernando lehnte sich entspannt zurück und holte tief Luft.

„Dann fange ich mal an, den Urlaub zu genießen“, sagte er.

Und tatsächlich sah er direkt ein wenig entspannter aus.

Kapitel III

„Was machen wir hier?“, fragte Emilia.

Alexander hatte seine Tochter in aller Früh geweckt und war mit ihr von Inca in Richtung Sa Rapita gefahren.

Der kleine Ort in der Gemeinde Campos an der Südküste Mallorcas lag direkt an einem der berühmtesten und schönsten Strände ganz Spaniens, dem Es Trenc.

Während der Ort sich aufgrund seiner Abgeschiedenheit seinen ursprünglichen Charme größtenteils erhalten hatte, war der atemberaubende Naturstrand Es Trenc schon lange kein Geheimtipp mehr. Feiner weißer Sand erstreckte sich auf über drei Kilometern von Sa Rapita entlang des Küstenstreifens und vorbei am winzigen Städtchen Ses Covetes bis zu dem größeren Ort Colonia de Sant Jordi.

Seitdem dem Schutz der Natur auf Mallorca wieder mehr Aufmerksamkeit gewidmet wurde, hatte sich der Naturstrand in ein kleines Paradies verwandelt, das nicht umsonst mit der Karibik verglichen wurde. Die Dünen, die den Strand säumten, waren wie schützende Wächter, die eine vielfältige Flora und Fauna beherbergten. Salzwiesen und Pinienhaine reihten sich hinter den Dünen auf, boten Schatten und luden zu verträumten Spaziergängen auf extra dafür eingerichteten Wanderwegen ein. Der Duft von salziger Meeresbrise und Pinienharz mischten sich zu einem betörenden Aroma, das die Sinne umschmeichelte.

„Ich möchte dir etwas zeigen“, antwortete Alexander geheimnisvoll. Dabei schaute er auf das Meer und atmete tief ein.

Jetzt, in den frühen Morgenstunden, kurz vor Sonnenaufgang war der Strand noch menschenleer.

„Und das muss um 05:00 Uhr morgens sein?“, fragte Emilia missmutig, während sie sich verschlafen die Augen rieb.

Doch in diesem Moment erhob sich am Horizont die Sonne und seine Tochter verstummte augenblicklich.

Die aufgehende Sonne tauchte alles in ein warmes, goldenes Licht, das den Sand wie feinen Glitzer erscheinen ließ und dem Augenblick eine unbeschreibliche, fast mystische Atmosphäre verlieh. Außer dem rhythmischen Rauschen des Meeres und dem entfernten Kreischen von ein paar Möwen war es absolut still.

Alexander stand stumm neben seiner Tochter und nahm das unsagbar schöne Schauspiel tief in sich auf. Momente wie dieser hatten ihm geholfen, mit dem Tod seiner Frau klarzukommen. Und er hoffte, dass auch Emilia ihre Traurigkeit dadurch überwinden würde.

„Das war wunderschön“, flüsterte seine Tochter, nachdem sie ein paar Minuten schweigend nebeneinander gestanden hatten.

„Ich weiß“, antwortete er. „Und ich will, dass du weißt, dass du mit mir über alles sprechen kannst. Egal was es ist.“

Emilia schaute ihn an und schluckte. Für einen kurzen Moment sah es so aus, als wollte sie etwas sagen, doch dann nickte sie lediglich und lächelte ihn traurig an.

„Danke“, war das Einzige, was sie hervorbrachte.

***

„Guten Morgen Carlos“, begrüßte Tom ihn fröhlich.

Nachdem Fernando gestern zugestimmt hatte, dass er sich für eine paar Tage frei nehmen oder zumindest nur von zu Hause arbeiten würde, hatte Carlos beschlossen, dass er am nächsten Morgen nach Colonia de Sant Jordi fahren und mit Pepe Borrel, dem Sohn des Toten sprechen würde. Und da Ses Salines ganz in der Nähe war, hatte er Tom angerufen und ihn gefragt, ob er sich spontan das Hotel, welches am Rande des Ortes lag, anschauen könnte.

„Guten Morgen Lisa, Tom, schön euch zu sehen.“ Er umarmte Lisa und Tom nacheinander und lächelte zufrieden. „Ihr seht gut aus. Es scheint, als sei der größte Stress vorbei."

Tom nickte zustimmend. „Tatsächlich habe ich die Staffel gerade abgedreht und Lisa hat das Hotel, wie es scheint, sehr gut unter Kontrolle."

Carlos schaute sich um. Das *Hotel* war eine mediterrane Oase und beherbergte insgesamt sieben Gebäude. Neben dem Haupthaus, einem Gästehaus und einer alten Scheune, waren noch vier neue Gebäude erbaut und in den tropisch mediterranen Garten integriert worden. Sowohl beim Bau der Neuen als auch bei der Renovierung der alten Gebäude hatte Tom auf nachhaltige Materialien und eine energieeffiziente Bauweise geachtet. Neben Solarmodulen auf den Dächern gab es eine Wasseraufbereitungsanlage und eine eigene kleine Recycling-Anlage, um den Restmüll so gering wie möglich zu halten.

Und das alles tat dem Flair des Hotels keinen Abbruch. Der Eingangsbereich des Hotels im Haupthaus war liebevoll renoviert und geschmackvoll eingerichtet. Den Mittelpunkt bildete die große Rezeption aus dunklem Eichenholz, an der sie gerade standen. Eine Sitzecke mit Ledersesseln und einem schönen Tisch, antike Teppiche sowie ein paar intelligent platzierte moderne Möbel verliehen der Eingangshalle einen unverwechselbaren Charme, an den die Gäste sich gerne erinnern würden.

„Das freut mich für euch“, sagte Carlos.

„Und was machst du jetzt?“, fragte Tom, „fährst du ins Café Mercado?“

„Vielleicht heute Nachmittag“, erwiderte er, „jetzt muss ich zuerst einmal nach Colonia de Sant Jordi mit dem Sohn eines Mordopfers sprechen.“

Tom legte die Stirn in Falten und schaute ihn nachdenklich an. „Ohne Fernando?“

Carlos zuckte mit den Achseln. „Fernando hat im Moment so viel zu tun, dass ich ihn ein wenig entlasten möchte und den Fall allein bearbeite. Zumindest solange es keine konkrete Spur gibt.“

Plötzlich grinste Tom ihn spitzbübisch an. „Wie wäre es, wenn ich dir helfe? Lisa hat das alles so gut im Griff, dass ich mir ein wenig überflüssig vorkomme.“ Er schaute zu seiner Verlobten, die zwar die Augen verdrehte, dabei aber milde lächelte. Offensichtlich hatte er ausgesprochen, was sie ebenfalls gedacht hatte.

Carlos freute sich über das Angebot. Er ermittelte tatsächlich lieber zu zweit und Tom hatte ihnen schon mehrmals geholfen. Der Fernsehkoch hatte einen guten Spürsinn und eine schnelle Auffassungsgabe. Es konnte nicht schaden, ihn dabei zu haben. Und außerdem öffnete seine Popularität ihnen so manche Türe, die sonst verschlossen geblieben wäre. Immerhin liefen einige von Toms Sendungen sogar im spanischen Fernsehen.

„Wenn Lisa nichts dagegen hat, würde ich mich über deine Unterstützung natürlich sehr freuen“, sagte er diplomatisch.

Toms Verlobte schüttelte amüsiert den Kopf.

„Wer hätte das gedacht“, begann sie, „der große Tom Himmelreich kommt sich überflüssig vor. Wenn mir das jemand vor vier Wochen gesagt hätte, hätte ich ihn für verrückt erklärt." Sie machte eine kurze Pause, zog ihren Verlobten zu sich und gab ihm einen zärtlichen Kuss. „Natürlich kannst du Carlos helfen. Ich habe alles im Griff. Und falls ich dich doch brauchen sollte, werde ich dich schon anrufen. Darauf kannst du dich verlassen."

Tom grinste bis über beide Ohren, wobei Carlos sich nicht sicher war, woran dies lag. War er glücklich, endlich wieder mit ihm ermitteln zu können oder lag es vielleicht an dem Kuss, den er bekommen hatte? Im Endeffekt war es ihm egal. Er freute sich, dass er mit Tom zusammenarbeiten konnte. Das würde eine aufregende Zeit werden. Wie immer, wenn man mit dem bekannten Fernsehkoch unterwegs war.

***

„Pepe Borrel?"

Nachdem Lisa ihr Einverständnis gegeben hatte, waren Tom und Carlos aufgebrochen und von Ses Salines nach Colonia de Sant Jordi gefahren. Über die Landstraße Ma-6100 hatten sie knapp zehn Minuten gebraucht, um das beschauliche Örtchen zu erreichen.

Colonia de Sant Jordi war ein kleiner, bezaubernder Küstenort im Südosten der Insel, dessen Straßen von einem unaufdringlichen Charme erfüllt waren.

In einigen Gassen reihten sich kleine, weiß getünchte Häuser aneinander, deren Fensterläden in fröhlichen Farben gestrichen waren, als wollten sie den ewigen Sommer festhalten. An den Fenstern und Balkonen hingen Blumenkästen aus denen bunte Blumen sprießten, deren leuchtenden Blüten einen süßen Duft verströmten, der sich mit der frischen Meeresbrise vermischte.

Der kleine Hafen war das Herz des Ortes. Hier schaukelten bunte Fischerboote gemächlich auf den Wellen, während sich ihre Masten sanft im Takt des Windes wiegten.

An der Küste erstreckte sich einer der

schönsten Strände Mallorcas. Der Es Trenc, mit seinem feinen weißen Sand, dem kristallklaren Wasser und den endlosen Dünen.

An sonnigen Tagen wie heute schimmerte das Wasser in allen erdenklichen Blau- und Grüntönen und lud zu einem Bad im kühlen Nass ein.

Carlos liebte den beschaulichen Ort, der selbst in den Sommermonaten immer ein wenig verschlafen wirkte. Dutzende Male waren Maria und er hier gewesen und hatten einen Tag am Strand oder einen Abend in einem der Restaurants des Ortes verbracht.

Pepe Borrel wohnte im Zentrum von Colonia de Sant Jordi in einem Mehrfamilienhaus, das sicherlich weniger den Charme eines Feriendomizils versprühte, dafür aber umso praktischer war, wenn man auf Mallorca lebte und arbeitete. Denn der Alltag auf der Insel sah nicht wesentlich anders aus, als beispielsweise in Deutschland. Die Menschen hier arbeiteten mindestens genauso hart wie in Deutschland und mussten in ihrer raren Freizeit den Alltag wie Wäsche, Einkaufen oder Putzen meistern. Nur manchmal fanden die Einwohner Zeit, um an einen der vielen Strände zu gehen und das schöne Wetter und das kristallklare Wasser zu genießen.

„Was kann ich für Sie tun?“, fragte Herr Borrel und schaute sie dabei missmutig an. Obwohl ihm auf Geheiß von Fernando gestern schon ein Beamter vom Tod seines Vaters berichtet hatte, sah er nicht sonderlich mitgenommen aus. Er hatte schwarze, gelockte Haare und einen Dreitagebart. Dazu trug er ein sandfarbenes, etwas abgewetztes Hemd und eine blaue Jeans, die ihre besten Tage bereits hinter sich hatte. Sein Alter war aufgrund des Barts schwer zu schätzen, doch laut Akte war er gerade einmal 25 Jahre jung.

Ohne, dass Carlos ihn näher kannte, gehörte der junge Mann für Carlos zu der Gruppe Mensch, die er als unsympathisch empfand.

„Mein Name ist Carlos Nuñoz und das hier ist

Tom Himmelreich. Wir arbeiten für die Polizei von Palma.“

Plötzlich änderte sich die Miene des jungen Mannes.

„Sind Sie nicht …“

Carlos lächelte. Es lohnte sich immer, wenn man Tom dabeihatte. Die Popularität des Fernsehkochs war so groß, dass er selbst in Spanien immer wieder erkannt wurde und die Menschen dadurch deutlich zugänglicher und gesprächiger waren, wenn er dabei war.

… der kochende Polizist?“, vollendete Pepe Borrel den Satz.

Carlos zog überrascht die Augenbrauen hoch. Damit hatte er nicht gerechnet. Und Tom wohl ebenfalls nicht, denn sein Freund schaute nicht minder überrascht aus.

„Der bin ich“, antwortete er, nachdem er die erste Überraschung überwunden hatte. „Wir haben ein paar Fragen an Sie. Dürfen wir reinkommen?“

Der Mallorquiner nickte eifrig. Offenbar war cr

über ihren Besuch mit einem Male deutlich erfreuter, als noch vor wenigen Augenblicken.

Während er sie ins Wohnzimmer führte, schaute Carlos sich aufmerksam um. Die Wohnung war klein und relativ dunkel. Hinter der Eingangstür lag ein kleiner, rot gefliester Flur, in dem ein paar Bilder hingen, die den Verstorbenen mit seinem Sohn zeigten.

Im Wohnzimmer gab es einen runden Esstisch unter einer Durchreiche zur Küche und eine Sitzecke mit einem Sofa und zwei Sesseln aus weinrotem Leder sowie einem Fernseher. Zudem führte eine Tür auf den angrenzenden Balkon.

„Wie war Ihr Verhältnis zu Ihrem Vater?“, wollte Carlos wissen, nachdem sie am Esstisch Platz genommen hatten.

„Wir hatten immer ein gutes Verhältnis“, antwortete Pepe Borrel.

„Haben Sie irgendeine Ahnung, warum Ihr Vater umgebracht worden sein könnte? Hatte er vielleicht Schulden? Oder hatte er mit irgendjemanden Streit?“

Herr Borrel zuckte mit den Schultern.

„Nicht, dass ich wüsste. Mein Vater war manchmal vielleicht ein wenig eigen, aber im Grunde ein guter Mensch. Und Schulden hatte er auch nicht. Jedenfalls keine, von denen ich wüsste."

„Und wann haben Sie Ihren Vater das letzte Mal gesehen?", fragte Carlos.

Señor Borrel blies die Wangen auf. „Das ist eine gute Frage. Ich schätze, dass war so vor anderthalb Wochen."

„Können Sie uns auch etwas zu dem Verhältnis Ihres Vaters zu seinem Bruder erzählen?", hakte er nach.

„Onkel Antonio und mein Vater waren wie Feuer und Wasser", antwortete der junge Mann mit einem Lächeln im Gesicht. Die Erinnerung an die Beziehung der beiden schien ihn zu amüsieren. „Beide sind grundverschieden und haben eine Zeit lang kein Wort miteinander gesprochen. Das hatte etwas damit zu tun, dass mein Vater die Olivenplantage von seinen Eltern vermacht bekommen hat, obwohl Onkel Antonio der ältere der beiden Brüder ist. Das hat ihr Verhältnis immer sehr belastet, auch wenn ich eigentlich immer einen guten Kontakt zu meinem Onkel hatte. Er war noch vor zwei Tagen bei mir zu Besuch und wir haben zusammen gegessen. Aber zuletzt hatte sich auch das Verhältnis zwischen Papa und meinem Onkel wieder verbessert und sie haben sich eigentlich wieder ganz gut verstanden. Warum fragen Sie?"

„Solange wir keine konkrete Spur haben, dürfen wir nichts ausschließen", erklärte Carlos, „deswegen muss ich Sie auch fragen, wo Sie gestern Morgen zwischen 09:00 Uhr und 10:00 Uhr gewesen sind."

Im ersten Augenblick schaute Herr Borrel ihn irritiert an. Dann zuckte er mit den Schultern. „Ich war zu Hause."

„Nicht auf der Arbeit?", schaltete sich Tom in das Gespräch ein. Manchmal konnte der Fernsehkoch seine Neugier nicht unter Kontrolle halten.

„Ich bin gerade zwischen zwei Jobs“, antwortete der junge Mann in einem leicht spöttischen Tonfall. Doch plötzlich stutzte er. „Sie kommen mir irgendwie bekannt vor. Sind sie nicht dieser berühmte Fernsehkoch?“

Tom lächelte müde. „Das kann schon sein.“

Herr Borrel starrte mit offenem Mund zwischen Tom und Carlos hin und her. So viel geballte Prominenz war offenbar zu viel für ihn.

„Das ist ja unglaublich“, stammelte Señor Borrel fassungslos. „Erst der inselweit bekannte kochende Polizist und dann auch noch Tom Himmelreich.“

Perplex schüttelte er den Kopf. Offensichtlich hatte ihn die Bekanntheit der beiden Besucher überwältigt.

„Sie waren also zu Hause und allein“, fasste Carlos das gerade Gehörte zusammen, um den sprachlosen jungen Mann nicht weiter zu überfordern.

Señor Borrel nickte. „So ist es. Leider gibt es keinen Zeugen. Ich könnte höchstens die

Nachbarn fragen. Bin ich etwa verdächtig?“

Die Erkenntnis, dass er eventuell zum Kreis der Verdächtigen zählen könnte, schien ihn zu verängstigen.

„Wir versuchen herauszufinden, was genau an dem Tag vorgefallen ist und wer Ihren Vater ermordet hat. Solange wir keine konkrete Spur haben, dürfen wir nichts und niemanden ausschließen“, erklärte Carlos. In diesem Moment klingelte sein Handy.

„Sie kennen also meine Sendungen“, übernahm Tom nun das Gespräch, damit er in Ruhe telefonieren konnte. Ein Blick auf das Display zeigte ihm, dass es Enrique Costa war. Der Leiter der Spurensicherung rief ihn sicherlich nicht grundlos an. Sie hatten etwas gefunden, da war Carlos sich sicher.

Sofort bemerkte er, wie sein Herzschlag sich beschleunigte und seine Handflächen feucht wurden. Es war so ähnlich wie die Vorfreude eines kleinen Jungen, der an Weihnachten endlich seine Geschenke auspacken durfte. Was würde Enrique ihm gleich wohl mitteilen?

„Hola Enrique“, begrüßte er den Leiter der Spurensicherung.

„Hola Carlos“, sagte Enrique mit seiner tiefen, ruhigen Stimme. „Ich habe gehört, dass du dich allein um den Fall Emanuel Borrel kümmerst?“

„Das ist richtig“, bestätigte er.

„Wir haben etwas gefunden, was interessant sein könnte. Wann bist du wieder auf dem Revier, dass wir uns das zusammen anschauen können?“

Carlos warf einen Blick zu Tom und Pepe Borrel, die sich angeregt unterhielten. Hier würden sie im Moment wohl keine neuen Erkenntnisse bekommen.

„Ich kann in zirka anderthalb Stunden da sein.“

„Dann sehen wir uns gleich“, sagte Enrique.

Nachdem er aufgelegt hatte, wandte er sich wieder Pepe Borrel und Tom zu, die gerade über eine von Toms letzten Sendungen sprachen.

„Herr Borrel?“, unterbrach er die beiden. „Halten Sie sich in den nächsten Tagen bitte zu unserer Verfügung. Es kann sein, dass wir noch Fragen haben. Und falls Ihnen doch noch etwas einfällt, was uns weiterhelfen könnte, melden Sie sich bitte."

Er reichte dem jungen Mallorquiner seine Visitenkarte, die ihn als freien Mitarbeiter bei der Polizei auswies und ermahnte ihn, jede noch so kleine Kleinigkeit mitzuteilen, egal wie unwichtig sie ihm erscheinen möge.

Dann verabschiedeten sie sich und gingen zurück zum Auto, das sie am Rande des Ortes abgestellt hatten. Dabei kamen sie an der von Cafés und Restaurants gesäumten Uferpromenade des Ortes vorbei. Von hier aus hatte man einen herrlichen Blick auf das Meer, während aus einem der umliegenden Restaurants der Duft von frischem Fisch, gegrillt und mit Zitronensaft beträufelt, durch die Luft wehte und einem kulinarische Genüsse, die den Gaumen verwöhnen, versprach.

„Sollen wir eine Kleinigkeit essen?", schlug Tom vor.

Carlos schmunzelte. Wie gerne hätte er sich jetzt mit Tom in eines der Restaurants gesetzt, den herrlich duftenden Fisch probiert und dazu ein Cerveza getrunken. Doch im Moment ging die Arbeit vor.

„Wir müssen zu Enrique“, erwiderte er daher mit einem entschuldigenden Blick. „Er will uns etwas zeigen.“

Tom nickte, wobei sich seine Enttäuschung erstaunlicherweise in Grenzen hielt.

„Dann halt heute Abend“, sagte er.

Nun war es Carlos, der zustimmend nickte. „Hast du eigentlich schon eine Idee, wo wir heute Abend essen gehen könnten?“

„Selbstverständlich“, erwiderte Tom ohne zu zögern. „Es gibt ein neues Restaurant in Santa Catalina. Das sollten wir unbedingt ausprobieren. Ich habe schon einen Tisch reserviert. In der Hauptsaison ist das nicht immer ganz einfach.“

Da hatte sein Freund recht. Die angesagten Clubs, Bars und Restaurants waren in der Hauptsaison praktisch immer ausgebucht und selbst in der Woche war es oftmals nicht möglich, einen Tisch zu bekommen. Wenn man jedoch ein prominenter Fernsehkoch war, bekam man eigentlich immer einen Tisch. Egal wann und wie kurzfristig Tom sich anmeldete. Das war ein nicht ganz zu vernachlässigender Vorteil von Toms Bekanntheit.

„Dann bin ich einmal gespannt, was es heute Abend zu essen gibt“, sagte Carlos, der genau wie Tom leidenschaftlich gerne neue oder abgewandelte Gerichte probierte. Nicht zuletzt holte er sich so immer wieder Ideen und Anregungen für neue Kreationen im Café Mercado.

***

„Ich verstehe einfach nicht, was sie hat.“ Alexander schüttelte genervt den Kopf.

Nach seinem Ausflug mit Emilia am frühen Morgen war er wieder zurück nach Inca gefahren, um Ramon bei der Zitronenernte zu helfen. Während die Oliven und die Orangen erst ab Oktober geerntet wurden, trugen die Zitronenbäume bei guten Bedingungen das ganze Jahr über Früchte und konnten so durchgängig geerntet werden.

Die Zitronen verkauften sie, wie alles andere, was sie auf der Finca anbauten und ernteten in einem kleinen *Hofladen*. Zudem tüftelten Ramon und er an einem nachhaltigen Zitronenlikör, einem Limoncello, aus eigener Herstellung.

Nun standen sein Gutsverwalter und er an einem der Zitronenbäume und während Ramon die Leiter festhielt, stand er oben auf einer der höchsten Sprossen und pflückte die gelben Früchte aus dem Baum.

„Am besten konzentrierst du dich jetzt erst einmal darauf, nicht von der Leiter zu fallen", antwortete Ramon, der sichtlich nervös war, dass sein Chef und Freund wild gestikulierend so hoch auf der Leiter stand.

„Du hast ja recht", pflichtete Alexander ihm bei und versuchte sich etwas zu beruhigen.

Er war nur so frustriert darüber, dass sein Ausflug mit Emilia ihn nicht weitergebracht hatte. Es war offensichtlich, dass seine Tochter über etwas traurig war. Aber obwohl er offen mit ihr gesprochen hatte, hatte sie ihm nicht gesagt, warum sie so unglücklich war. „Ich fühle mich nur so unheimlich machtlos, wenn ich weiß, dass Emilia traurig ist und ich ihr nicht helfen kann. Wenn sie mir doch nur sagen würde, was sie hat.“

„Du musst ihr etwas Zeit geben.“ Die Stimme gehörte Stella. Ramons Frau war unbemerkt hinter sie getreten und stand nun mit einem Tablett, auf dem sich zwei Gläser, eine Karaffe mit frischem Wasser und etwas Brot mit Schinken befanden, im Schatten des gegenüberliegenden Baumes.

Stella war eine unheimlich sympathische, freundliche und hübsche Frau. Ihre langen, schwarzen Haare hatte sie zu einem Pferdeschwanz zusammengebunden und zu einer weißen, luftigen Bluse trug sie eine braune

Leinenhose.

„Ich habe euch eine Erfrischung mitgebracht“, sagte Stella mit einem freundlichen Lächeln.

„Das ist nett von dir“, sagte Alexander, „was meinst du mit Zeit geben?“

Stellas Lächeln wurde zu einem breiten Grinsen. „Das, was ich gesagt habe. Sie braucht ein wenig Zeit. Wenn sie so weit ist, wird sie dir sagen, was sie hat.“

„Sie ist doch nicht etwa schwanger?“, rief Alexander aufgeregt.

Nun musste Stella herzhaft lachen. „Du bist ein typischer Vater. Gehst immer gleich vom Schlimmsten aus. Aber wäre das wirklich so schlimm?“

Er zuckte hilflos mit den Schultern. Wahrscheinlich nicht. Wenn Emilia damit glücklich wäre, wäre er es ebenfalls.

„Aber keine Angst“, fuhr Stella nach einem kurzen Moment fort, „das ist es nicht.“

Er holte tief Luft. „Diese Unsicherheit nicht zu wissen, was der eigenen Tochter fehlt, ist das

Schlimmste, was ich mir vorstellen kann.“ Er war mittlerweile von der Leiter heruntergestiegen, was zu einer deutlichen Entspannung bei Ramon führte.

Sie gingen zu einem kleinen runden Klapptisch im Schatten eines Zitronenbaumes, auf dem Stella das Tablett abgestellt hatte. Es war mittlerweile zu einer regelrechten Tradition geworden, dass sie während der Erntezeit jeden Tag im Schatten der Bäume eine Pause einlegten und sich bei einem Glas Wasser und etwas zu essen entspannten.

In diesen Momenten musste Alexander oft an seine verstorbene Frau denken. Anna und er hatten sich immer vorgestellt, wie sie ihren Lebensabend auf einer Finca auf Mallorca verbringen würden. Genauso, wie es jetzt war, hatten sie es sich ausgemalt. Manchmal schmerzte der Gedanke, dass seine Frau diese Momente nicht mehr erleben konnte.

Doch er hatte gelernt mit dem Schmerz umzugehen.

„Also gut“, sagte er zu Stella, die ihnen gerade etwas zu trinken eingeschenkt hatte und im Begriff war zu gehen. „Ich werde warten, bis sie so weit ist. Ich hoffe nur, dass sie weiß, sie kann mir alles erzählen. Egal was es ist.“

„Das weiß sie bestimmt“, sagte Stella. Mit diesen Worten gab sie Ramon noch einen Kuss und verschwand dann wieder in Richtung des kleinen Verwalterhauses, in dem sie mit ihrem Mann und Sohn lebte.

***

„Carlos, Tom, schön euch zu sehen.“ Enrique lächelte freundlich und zeigte dabei seine perfekten Zähne. Er schien einfach nicht älter zu werden. Während Carlos vor zwei Jahren vierzig geworden war und manchmal den Eindruck hatte, dass seine Fitness so langsam nachließ, war der Leiter der Spurensicherung in den letzten fünf Jahren keinen Tag gealtert.

Sein durchtrainierter Körper zeichnete sich

deutlich unter dem weißen, eng geschnittenen Hemd ab und die dunklen Haare mit den charmant wirkenden grauen Stellen waren wie immer perfekt frisiert und noch genauso dicht, wie vor fünf Jahren.

„Hola Enrique“, sagte Carlos, „geht es dir gut?“

„Alles bestens“, entgegnete Enrique gut gelaunt. „Ich hoffe, euch ebenfalls.“

Tom und Carlos nickten.

Das Büro von Enrique war hell und modern eingerichtet. Er hatte einen großen Schreibtisch mit einer Glasplatte, vor dem zwei schicke Stühle mit Lederpolsterung und Chrome-Gestell standen sowie einen runden Besprechungstisch mit vier Stühlen, auf dem ein großes Glas mit Süßigkeiten stand. Enrique bedeutete ihnen, dass sie sich setzen sollten.

„Wollt ihr einen Kaffee oder etwas Wasser?“, fragte er. Doch sowohl Tom als auch Carlos winkten ab. Sie waren zu gespannt darauf zu erfahren, was Enrique ihnen gleich erzählen würde.

„Also“, begann dieser dann auch ohne weitere Umschweife. „Wir haben den Tatort genauestens unter die Lupe genommen. Jeden Quadratzentimeter des Grundstücks haben wir durchkämmt und anschließend das Haus des Opfers durchsucht. Von außen wirkt das Gebäude schon etwas in die Jahre gekommen, aber von innen war es erstaunlich gut in Schuss.“ Er machte eine kurze Pause und fischte in dem Glas mit den Süßigkeiten nach einer Lakritzschnecke.

„Wir haben die ganze Bude auf den Kopf gestellt und nach möglichen Hinweisen gesucht“, fuhr er schließlich fort. „Und selbstverständlich haben wir alles genauestens dokumentiert.“ Mit diesen Worten reichte er einen Stapel Fotos, die sein Team vom Tatort gemacht hatte. Sowohl der Außenbereich der Finca als auch das Innere des Hauses waren detailliert fotografiert worden und zeigten verschiedene Details vom Tatort.

„Einen Hinweis auf den Mörder haben wir nicht gefunden, auch wenn wir vermuten, dass der Mörder im Haus war und nach etwas gesucht hat.“, fuhr Enrique nach einer kleinen Pause fort, in der Carlos und Tom sich die Bilder angeschaut hatten. „Aber dafür haben wir das hier gefunden.“ Er stand auf, ging zum Schreibtisch, holte einen kleinen Plastikbeutel für Beweisstücke und hielt ihn Carlos hin.

In dem Plastikbeutel waren ein Briefumschlag und ein kleiner, leicht angerosteter Schlüssel.

Stirnrunzelnd griff er nach dem Beutel und betrachtete ihn von allen Seiten.

„Was ist das?“, wollte er wissen.

Enrique lächelte. „Das musst du herausfinden. Wir haben den Umschlag und den Schlüssel in einem versteckten Tresor unter dem Bett von Herrn Borrel gefunden und auf Spuren untersucht. Leider ohne Erfolg. Es finden sich lediglich die Fingerabdrücke des Opfers auf beiden Objekten. Alles weitere sollte der führende Ermittler herausfinden.“

Bei den letzten Worten hatte Enrique ihm zugezwinkert und spitzbübisch gegrinst.

Gleichzeitig holte er ein paar Gummihandschuhe hervor und reichte sie ihm.

Carlos schaute kurz zu Tom, der jedoch nur stumm mit den Achseln zuckte und gespannt auf den Briefumschlag schielte.

Also gut, dachte er, *dann schauen wir mal, ob das eine sinnvolle Spur ist.*

Behutsam öffnete er den Plastikbeutel und nahm als Erstes den Umschlag heraus. Dieser war verschlossen, ließ sich jedoch leicht öffnen. In dem Kuvert war ein zusammengefaltetes Stück Papier. Vorsichtig zog er es heraus.

„Wollt ihr das zuerst untersuchen?“, fragte er Enrique.

Doch der Leiter der Spurensicherung deutete ein Kopfschütteln an. „Lies ruhig, was dort geschrieben steht. Danach kann ich ihn immer noch ins Labor geben. Allerdings glaube ich nicht, dass sich dort brauchbare Spuren finden werden. Wenn auf dem Umschlag nur Fingerabdrücke von Herrn Borrel waren, dann werden auf dem Brief wahrscheinlich auch keine anderen sein."

Carlos holte tief Luft und faltete den Zettel langsam auseinander. Sein Herz begann zu rasen und er bekam feuchte Hände. So erging es ihm immer, wenn er glaubte, eine wichtige Spur gefunden zu haben.

Als er das Papier auseinandergefaltet hatte, kam ein handgeschriebener Brief zum Vorschein.

Nervös beleckte er sich die Lippen und begann zu lesen:

Lieber Antonio,

es ist schön, dass wir uns nach so vielen Jahren endlich einmal ausgesprochen haben. Es ist schön zu sehen, was aus dir geworden ist. Ich muss zugeben, dass ich nicht damit gerechnet habe, dass du es zu etwas bringen wirst. In dieser Hinsicht hatte ich immer die gleiche Meinung vertreten wie Mama und Papa.

Aber ich habe mich geirrt. Du hast etwas aus dir gemacht und bist ein anständiger Mensch geworden. Leider haben unsere Eltern das nicht mehr miterlebt, aber eines weiß ich mit Sicherheit: Sie wären stolz auf dich gewesen!

Und soll ich dir etwas sagen? Ich habe heute die gleichen Probleme, wie unsere Eltern damals. Das ist etwas, über das ich mich noch mit dir unterhalten und dich um Rat fragen wollte. Bisher hatte ich aber noch nicht den Mut, es zu tun, weil ich dachte, du würdest mich dann mit anderen Augen sehen.

Trotzdem möchte ich dir etwas schenken. Es ist ein Andenken an unsere Eltern und etwas, was nur jemand bekommen sollte, der dies zu schätzen weiß. Was du dann damit machst, überlasse ich dir. Ich weiß, du wirst das Richtige tun. Schaue in das Schließfach, zu dem der Schlüssel gehört. Dann wirst du sehen, wovon ich gesprochen habe.

Dein dich liebender Bruder Emanuel

Nachdem er zu Ende gelesen hatte, schaute er nacheinander Tom und Enrique an, die aufmerksam zugehört hatten. Während Enrique lediglich die Schultern zuckte, schaute Tom nachdenklich auf den Schlüssel.

„Gehört der nicht zu einem der Schließfächer unter der Plaza España? In der U-Bahn-Station?“

Carlos zog beeindruckt die Augenbrauen hoch. Er wäre wahrscheinlich nach ein paar Minuten selbst darauf gekommen, aber, dass Tom dies direkt erkannt hatte, war überraschend. Auch wenn Tom kein typischer Tourist und sehr häufig auf Mallorca war, so war es dennoch nicht selbstverständlich, dass er überhaupt wusste, dass es eine U-Bahn-Station auf Mallorca gab. Darüber hinaus zu wissen, dass es dort unten Schließfächer gab, die solche Schlüssel hatten, war definitiv eine Überraschung.

„Woher weißt du das?“, fragte er entsprechend ehrfürchtig. Auch Enrique schaute den Fernsehkoch beeindruckt an.

Tom lächelte spitzbübisch. „Ich habe doch einmal eine Sendung auf Mallorca gemacht, bei der wir mit dem Zug über die Insel gefahren sind und verschiedene Restaurants besucht haben. Dabei waren wir mehrmals in der U-Bahn-Station und ich hatte in einem der Schließfächer ein paar Sachen deponiert."

Enrique nickte anerkennend. „Das ist tatsächlich ein Schlüssel zu den Schließfächern in der U-Bahn-Station. Allerdings haben unsere Jungs ein paar Stunden gebraucht, um dies herauszufinden. Wenn du irgendwann keine Lust mehr haben solltest, als Koch zu arbeiten, bist du bei uns herzlich willkommen."

Tom lachte amüsiert und auch Carlos musste schmunzeln. Auch wenn das Angebot nur scherzhaft gewesen war, so war es dennoch schmeichelhaft.

„Ich überlege es mir", sagte der Fernsehkoch mit einem Augenzwinkern.

„Vielen Dank", sagte Carlos, während er sich von seinem Stuhl erhob. „Das war wie immer gute Arbeit. Wenn es sonst nichts gibt, würde ich vorschlagen, Tom und ich schauen nach, was sich in dem Schließfach befindet."

„Sonst gibt es nichts“, antwortete Enrique, der wie Tom ebenfalls aufgestanden war.

Sie umarmten sich zum Abschied, dann brachen Carlos und Tom auf.

Ich bin gespannt, welche Überraschung in dem Schließfach auf uns wartet, dachte Carlos gut gelaunt. Sie waren der Lösung des Falls einen großen Schritt nähergekommen, da war er sich sicher.

***

„Das müsste es sein“, sagte Carlos.

Nachdem sie das Büro von Enrique verlassen hatten, waren sie ohne Umwege in Richtung Plaza España aufgebrochen. Der Platz im Herzen von Palma war der Hauptverkehrsknotenpunkt von Mallorca und bildete je nach Blickwinkel das Ende oder den Beginn der historischen Altstadt.

Aufgrund seiner zentralen Lage und der guten Anbindung an die komplette Insel, tummelten sich hier Touristen und Einheimische gleichermaßen.

Während die einen gemächlich über den Platz schlenderten oder in einem der zahlreichen Cafés oder Restaurants saßen und dem bunten Treiben entspannt zusahen, hetzten die anderen von einem Termin zum nächsten oder versuchten rechtzeitig zum nächsten Bus zu gelangen.

Tom und Carlos waren vom Polizeirevier zu Fuß zu dem bekannten Platz gegangen, in die U-Bahn-Station hinabgestiegen und standen nun vor der Wand mit den Schließfächern, die in drei Reihen aufeinandergestapelt und mit Nummern versehen waren.

Auf dem Schlüssel hatten sie eine eingravierte 76 gefunden und gerade eben das passende Schließfach entdeckt.

„Jetzt bin ich aber gespannt“, flüsterte Tom.

Auch Carlos verspürte eine gewisse Aufregung. Was würden sie in dem Schließfach finden? Und würde der Inhalt einen Hinweis auf den Mörder geben oder zumindest zur Lösung des Falls beitragen? Im schlimmsten Fall hatte der Inhalt des Schließfachs absolut nichts mit dem Fall zu tun.

Plötzlich wurde er nervös. Langsam und mit pochendem Herzen steckte er den Schlüssel in die dafür vorgesehene Öffnung und drehte ihn vorsichtig um. Ein metallisches Klacken erklang, als das Schloss sich öffnete.

Er warf einen letzten Blick zu Tom, der wie gebannt auf die Tür des Schließfaches starrte und sich nervös mit der Zunge über die Lippen fuhr.

Dann öffnete Carlos das Schließfach.

Beim ersten Anblick machte sich Ernüchterung in ihm breit. Eine einfache Aktentasche aus schwarzem Leder, deren besten Jahre schon seit einiger Zeit vorbei waren, lag in dem Schließfach, das ansonsten leer war. Was hatte er denn auch zu finden gehofft? Einen handgeschriebenen Brief mit dem Namen des Mörders? Er schüttelte innerlich den Kopf, dann zog er einen der mitgebrachten Gummihandschuhe an und griff nach der

Aktentasche.

„Was ist darin?“, hörte er Toms Stimme hinter sich.

„Das werden wir gleich herausfinden“, sagte er mehr zu sich selbst, als er den Verschluss der Tasche öffnete und einen verschlossenen DIN-A4-Umschlag aus der Akte zog.

Ohne groß darüber nachzudenken, öffnete er den Umschlag. Zum Vorschein kam ein förmliches Schreiben, das zu Carlos‘ großer Überraschung vom Notariat Rodriguez stammte und an Antonio Borrel gerichtet war. Dort stand, dass Herr Borrel sich mit dem Schreiben bei Herrn Bartolomé Rodriguez melden sollte.

Carlos kannte den Anwalt, der damals auch das Testament von Manuel Alonso verwaltet hatte. Manuel war ein guter Freund seiner Mutter gewesen und hatte ihm sein Haus in Santanyí vermacht. Seitdem war ihm Señor Rodriguez immer wieder über den Weg gelaufen und hatte sogar einmal versucht, ihm das Haus in Santanyí abzukaufen.

„Was machen wir jetzt?“, riss ihn Toms Stimme aus den Gedanken. „Sollen wir Señor Rodriguez einen Besuch abstatten?“

Im ersten Moment wollte Carlos ja sagen, besann sich dann jedoch eines Besseren. Es war mittlerweile 17:00 Uhr. Er kannte die Arbeitszeiten von Señor Rodriguez. Heute würden sie ihn ganz sicher nicht mehr im Büro antreffen.

„Ich habe seine Nummer“, antwortete er, nachdem er einen Moment lang überlegt hatte. „Ich werde ihn anrufen und einen Termin für Morgen Vormittag ausmachen. Für heute machen wir Schluss. Ich muss noch einmal kurz ins Café Mercado, bevor wir nachher essen gehen. Jetzt, in der Hauptsaison, sollte ich mich wenigstens einmal am Tag kurz blicken lassen.“

Tom klopfte ihm freundschaftlich auf die Schulter. „Du solltest doch mittlerweile wissen, dass der Laden ganz gut ohne dich auskommt. Esteban und Gabriel haben alles fest im Griff. Und Maria war heute bestimmt auch schon vor

Ort.“

Ein Lächeln huschte über sein Gesicht. Tom hatte natürlich recht. Sowohl damit, dass Esteban und Gabriel das Restaurant auch ohne ihn im Griff hatten und damit, dass Maria vor Ort gewesen war. Seit Carlotta im Kindergarten war, war seine Frau wieder fast täglich im Café Mercado. Und er konnte sie gut verstehen. Schließlich war das Restaurant eigentlich ihr Laden. Sie hatte ihn damals gekauft und auf Vordermann gebracht. Er war nur zufällig dazu gekommen. Auch wenn das Kochen heute seine große Leidenschaft und er so etwas wie das Aushängeschild des Café Mercado war.

„Und was soll ich deiner Meinung nach stattdessen tun?“, fragte er.

Tom grinste. „Ich hätte da eine Idee“, sagte er geheimnisvoll.

***

„Guten Abend die Damen“, begrüßte Tom seine

Verlobte und Maria.

Nachdem sie beschlossen hatten, die Arbeit zu beenden und Carlos eine SMS an Herrn Rodriguez geschickt hatte, in der er nach einem Termin für den nächsten Tag gefragt hatte, waren er und Tom in einen Beachclub unterhalb des Paseo Maritimo, direkt neben dem Stadtstrand von Palma, gegangen. Dort hatten sie den Nachmittag bei ein paar Tapas, einem Glas Wein und einem herrlichen Meeresrauschen verbracht.

Der Club war mit großen weißen Sonnenschirmen, Day-Betten und gemütlichen Sonnenliegen ausgestattet, bot aber auch Sitzmöglichkeiten für Gäste, die essen oder einfach nur etwas trinken wollten.

Anschließend waren sie zu Fuß von dem Beachclub nach Santa Catalina gegangen. Der Weg über die Uferpromenade, die an schönen Tagen wie heute von Joggern, Inline-Skatern und Spaziergängern bevölkert war, hatte knapp dreißig Minuten gedauert.

Gerade waren sie an dem neuen Lokal in Santa

Catalina angekommen, als ihnen auch schon ihre Frauen gut gelaunt entgegengekommen waren. Lisa hatte Maria abgeholt und die beiden schienen eine unterhaltsame Fahrt gehabt zu haben.

Während Maria ihre dunklen Haare heute offen trug und dazu ein schlichtes, aber bezauberndes rotes Kleid, hatte Lisa ihre blonden Haare zu einem Pferdeschwanz zusammengebunden und trug ein weißes Blusenkleid mit einem breiten, braunen Gürtel.

„Guten Abend, die Herren“, entgegnete Maria fröhlich. „Wie war euer Nachmittag?“

Tom grinste frech. „Wir haben den Fall besprochen“, sagte er.

„Na klar“, prustete Lisa vor Lachen. Sie zog ihren Verlobten zu sich heran und gab ihm einen Kuss. „Ich bin mir sicher, dass ihr die ganze Zeit über ausschließlich gearbeitet habt.“

Carlos und Tom zuckten unschuldig mit den Achseln, sagten jedoch nichts, sondern lächelten vergnügt.

Anschließend gingen sie in das Restaurant.

Das Ladenlokal war in einem hellen Beige gestrichen und mit gemütlichen Tischen und Stühlen aus lackiertem, hellem Holz eingerichtet. Rote Servietten und üppige, silberne Kerzenständer gaben dem Restaurant eine pompöse Atmosphäre, ohne jedoch kitschig zu wirken.

Sie hatten sich gerade gesetzt, als Carlos‘ Telefon zu vibrieren begann.

Neugierig schaute er nach, wer ihn anrief und stellte verwundert fest, dass es Señor Rodriguez war.

„Hallo Herr Rodriguez“, begrüßte er den Anwalt freundlich.

„Hallo Herr Nuñoz, ich hoffe, ich störe Sie gerade nicht. Aber Sie hatten mir eine Nachricht geschickt und ich habe mir gedacht, ich rufe kurz an und frage, worum es geht.“

Carlos erläuterte dem Anwalt die wichtigsten Details, die er für relevant hielt und dass sie den Brief von Emanuel Borrel mit dem Hinweis auf den Anwalt gefunden hatten. Als er schließlich fertig war, ertönte am anderen Ende der Leitung ein lang gezogener Seufzer.

„Der arme Emanuel“, begann Herr Rodriguez, „er war ein guter Mensch. Vielleicht ein wenig eigen, aber ein herzensguter Mensch. Er hat mich vor einiger Zeit beauftragt, dieses Schreiben aufzusetzen. Ich habe mich schon gefragt, wann sein Bruder wohl auftauchen würde. Das Ganze ist ein sehr interessanter Fall. Am besten kommen Sie morgen früh zu mir ins Büro, dann können wir alles in Ruhe besprechen.“

„Sehr gerne“, antwortete Carlos. Sie verabredeten sich für den nächsten Morgen, bevor er das Telefonat beendete und sich wieder seinen Freunden widmete.

„War es wichtig?“, fragte Maria, die ihm zwischendurch einen tadelnden Blick zugeworfen hatte.

Carlos nickte. „Es war Bartolomé Rodriguez. Wir haben ein Schreiben von ihm an den Bruder des Toten gefunden und ich hatte ihm eine

Nachricht geschickt.“

Maria schüttelte lächelnd den Kopf. „Du hast wohl nie Feierabend.“

Er zuckte hilflos mit den Schultern. Sie kannte ihn gut genug und hatte schon oft miterlebt, wie er an einem Fall gearbeitet hatte. Wenn man in einem Mordfall eine Spur hatte, musste man dieser nachgehen. Egal wie viel Uhr es war und was man gerade vorhatte.

„Jetzt stoßen wir erst einmal zusammen an“, riss ihn Toms Stimme aus den Gedanken. Der Kellner hatte gerade die Getränke gebracht und der Fernsehkoch hatte das Glas bereits erhoben. „Morgen früh ermitteln wir wieder, aber jetzt genießen wir diesen wunderschönen Abend.“

Carlos musste grinsen. Tom war immer gut gelaunt und versprühte eine ausgelassene Stimmung. Es war schwer, sich seinem Charme zu entziehen und sich nicht von seiner guten Laune anstecken zu lassen. Selbst in den stressigen Monaten des Umbaus, war er immer gut drauf gewesen und hatte sich trotz so manchen Rückschlags nicht aus der Ruhe bringen lassen.

Und jetzt, wo alles fertig war und es Dank Lisa sogar besser lief, als er gehofft hatte, schien er noch ein wenig besser drauf zu sein, als er es ohnehin immer war.

„Auf einen wunderschönen Abend“, antwortete Carlos, erhob ebenfalls sein Glas und gab Maria einen dicken Kuss. Tom hatte recht. Den Rest des Abends würden sie genießen. Gearbeitet würde erst wieder am nächsten Tag.

Kapitel IV

„Guten Morgen, Papa." Emilia lächelte freundlich.

Nach der Zitronenernte hatte Alexander am Abend noch einen Ausflug nach Port d'Alcudia unternommen. Im Licht der untergehenden Sonne war er gedankenversunken an der langen Strandpromenade des Ortes entlang spaziert und hatte auf das Meer geschaut. Dabei hatte er daran gedacht, wie oft er früher mit Anna und Emilia hier gewesen war.

Unzählige Urlaube hatten sie auf Mallorca verbracht und viele davon in dem beliebten Küstenort im Nordosten der Insel. Obwohl er mit seiner Frau so häufig von einer Auswanderung geträumt hatte, hätte er damals niemals gedacht, dass er eines Tages wirklich hier leben würde. Doch der Tod seiner Frau hatte ihn dazu gebracht, sein Bedenken über Bord zu werfen und ihren gemeinsamen Traum in die Tat umzusetzen.

„Guten Morgen, mein Schatz“, erwiderte er. Dabei schaute er seine Tochter unauffällig an.

Heute wirkte sie nicht so traurig und melancholisch, wie in den vergangenen Tagen. Und trotzdem, irgendetwas stimmte nicht. Die Fröhlichkeit und die Unbeschwertheit, die er in ihren Augen gesehen hatte, als sie nach Mallorca gekommen war, war verschwunden. Es war, als lastete ihr etwas auf der Seele. Etwas, von dem er sie so gerne befreit hätte.

„Hast du schon gefrühstückt?“, fragte er. Es war gerade einmal kurz nach 08:00 Uhr und er war eben erst aufgestanden. Nach einer erfrischenden Dusche war er bereit für einen weiteren sonnigen Tag. Da die Zitronenernte abgeschlossen war und heute keine neuen Gäste kamen, hatte er etwas Zeit. Diese wollte er dazu nutzen, um das Vertriebsnetz seines Olivenöls auszubauen. Er hatte sich mit Lisa Woodfort, der Verlobten von Tom Himmelreich, verabredet, um mit ihr über die Lieferung von Olivenöl an das neue Hotel und darüber hinaus auch die übrigen Restaurants von dem prominenten Koch zu sprechen.

Doch davor wollte er in Ruhe frühstücken.

„Bisher habe ich nur eine Tasse Kaffee getrunken“, antwortete Emilia.

„Sollen wir nach Inca fahren und dort zusammen frühstücken?“, schlug er vor.

Seine Tochter schaute ihn im ersten Moment verwirrt an, dann lächelte sie glücklich.

„Sehr gerne“, sagte sie.

„Das freut mich. Ich kenne ein nettes kleines Café. Dort gibt es das beste Rührei der ganzen Insel.

Emilia lachte. „Da bin ich einmal gespannt.“

So gelöst hatte er seine Tochter schon länger nicht mehr erlebt. Vielleicht würde ja doch alles gut werden.

***

„Die alten Fassaden sind immer wieder ein Augenschmaus“, stellte Tom beeindruckt fest.

Carlos war am Morgen in aller Frühe aufgestanden, um eine Runde zu joggen und war anschließend einige Bahnen in seinem Pool geschwommen.

Am Vorabend hatten sie wie versprochen nicht mehr über die Arbeit geredet, sondern das wirklich gute Essen und ein paar köstliche Gläser Wein genossen, bevor Maria und er nach Hause gefahren waren und den Abend hatten auf ihrer Terrasse ausklingen lassen. Während sie dem allabendlichen Konzert der Grillen gelauscht hatten, war Maria, wie so oft in letzter Zeit, in seinen Armen eingeschlafen und er hatte sie sanft wecken müssen, bevor sie ins Bett gegangen waren.

Nun standen Tom und er vor dem historischen Gebäude in der Altstadt von Palma, in dem das Büro von Bartolomé Rodriguez untergebracht war. Carlos war schon oft hier gewesen.

Er konnte sich noch gut an seinen ersten Besuch in dem Büro von Herrn Rodriguez erinnern. Damals hatte der Anwalt ihm das

Testament von Manuel Alonso, einem langjährigen Freund seiner Mutter, vorgelesen. Von ihm hatte er das Haus geerbt, in dem Maria und er mit Carlotta wohnten und das sie um nichts in der Welt missen wollten.

„Sollen wir reingehen?“ Toms Stimme holte ihn in die Wirklichkeit zurück. Der Koch stand in der geöffneten Eingangstür des alten Hauses und hielt diese auf.

„Ich komme“, sagte er und beeilte sich, seinem Freund zu folgen.

Oben angekommen, empfing sie die Sekretärin von Herrn Rodriguez und begrüßte sie beinahe überschwänglich.

Das Vorzimmer sah immer noch so aus, wie bei seinem ersten Besuch. Eine antike Sitzgarnitur, bestehend aus zwei Sesseln mit Lederbezügen und einem runden Beistelltisch, alte, schwere Regale, vollgestopft mit wichtig aussehenden Büchern und ein Dielenboden, der bei jedem Schritt knarrte. Trotz der großen Fenster war der Raum dunkel und in der Luft hing ein Geruch, der eine Mischung aus altem Leder, Zigarrenqualm und teurem Parfüm war.

„Herr Rodriguez empfängt Sie jetzt“, sagte die Sekretärin, nachdem sie kurz im Nebenzimmer verschwunden und nun zurückgekehrt war.

„Señor Nuñoz, Herr Himmelreich, es ist mir eine wahre Freude, Sie beide endlich einmal wiederzusehen“, begrüßte sie Bartolomé Rodriguez, als sie sein Büro betraten.

Er umrundete seinen riesigen Eichenschreibtisch und umarmte Carlos und Tom nacheinander.

An Toms Gesichtsausdruck konnte Carlos ablesen, dass ihm der Anwalt nicht wirklich sympathisch war. Doch der prominente Fernsehkoch machte gute Miene zum bösen Spiel und lächelte freundlich. Schließlich wusste auch er, wie gut vernetzt Señor Rodriguez war und dass er einen nicht unwesentlichen Anteil daran hatte, dass die Baugenehmigung für sein Hotel damals so schnell erteilt worden war.

„Sie haben also die Nachricht an Antonio

Borrel gefunden, dass er sich bei uns melden soll“, begann der Anwalt, nachdem sie sich gesetzt hatten.

Carlos nickte. Obwohl er äußerlich vollkommen ruhig wirkte, platzte er innerlich förmlich vor Neugier.

„Herr Borrel, ich meine, Herr Emanuel Borrel war ein langjähriger und guter Mandant“, fuhr Herr Rodriguez fort.

Tom runzelte die Stirn. „War er nicht nur ein einfacher Olivenbauer?“

Ein kurzes Lächeln huschte dem Anwalt über das Gesicht. „Er hat in der Tat Oliven angebaut. Aber er war ein fleißiger Mann und ausgesprochen geschäftstüchtig …“

Nun wird es interessant, dachte Carlos, der vor Spannung einen trockenen Mund bekam und an dem Wasser nippte, das ihm die Sekretärin von Herrn Rodriguez eben hingestellt hatte.

„In den letzten Jahren hat Emanuel ein beachtliches Vermögen aufgebaut“, erläuterte der Anwalt. „Das meiste durch gute

Immobiliengeschäfte. Er hat früh erkannt, dass sich die Grundstückspreise auf Mallorca vervielfachen würden und günstig Land gekauft, als es noch billig war. Und ich spreche nicht von irgendeinem Ackerland im Inselinneren. Ich spreche von Grundstücken mit Meerblick und erteilten Baugenehmigungen."

Tom und Carlos schauten sich an. Damit hätten sie nicht gerechnet.

„Und was genau hat es mit der Anweisung, sich hier zu melden, auf sich?", wollte Carlos wissen.

Herr Rodriguez nickte. „Selbstverständlich, dazu komme ich jetzt."

Er ging zu einem Schrank aus dunklem Holz mit diversen Schubladen, auf der Buchstaben von A bis Z in alphabetischer Reihenfolge standen. Er öffnete die Schublade mit dem Buchstaben B und zog, nachdem er einen Moment lang gesucht hatte, ein verschlossenes Kuvert hervor.

„Hier ist es", sagte er triumphierend, während er sich die Lesebrille aufsetzte und den

Umschlag öffnete. „Das hier ist eine Grundstücksurkunde auf den Namen Antonio Borrel. Es handelt sich um ein Grundstück in Colonia de Sant Jordi, das Emanuel seinem Bruder überschrieben hat. Die Eintragung ins Grundbuch sollte laut Willem von Emanuel erst nach seinem Tod erfolgen."

„Ist das Grundstück wertvoll?", frage Carlos.

„Wie ich schon sagte, Grundstücke mit Meerblick und Baugenehmigung", antwortete Señor Rodriguez mit einem Augenzwinkern.

„Und gibt es außer dieser Grundstücksurkunde noch etwas anderes? Ich meine, hat Emanuel seinem Bruder noch eine Nachricht oder einen Brief hinterlassen?"

Der Anwalt schüttelte den Kopf.

Gerade wollte sich Ernüchterung in ihm breit machen, als Herr Rodriguez den Finger erhob.

„Aber es gibt ein Testament!"

„Ein Testament?", fragten Tom und Carlos wie aus einem Munde.

Bartolomé Rodriguez nickte und erhob sich

erneut von seinem Stuhl.

„Es müsste gleich neben dem anderen Schriftstück sein", murmelte er, während er wieder in dem Aktenschrank kramte. Nach einem kurzen Augenblick zog er einen weiteren verschlossenen Umschlag aus dem Schrank, ging zurück zu seinem Schreibtisch, rückte sich die Lesebrille zurecht und begann zu lesen:

Ich, Emanuel Borrel, im Vollbesitz meiner geistigen Kräfte erkläre Folgendes: ...

Carlos lauschte nur mit einem Ohr, während die Gedanken in seinem Kopf wild hin- und her rasten. Wenn Geld mit im Spiel war, ergaben sich vollkommen neue Perspektiven bezüglich des Motivs und damit auch bezüglich des Mörders.

Meinen letzten Willen ändere ich wie folgt. Alleiniger Erbe bleibt mein Sohn Pepe. Das Grundstück in Colonia de Sant Jordi habe ich noch zu Lebzeiten meinem Bruder Antonio vermacht. Die Eigentumsumschreibung im Grundbuch erfolgt jedoch erst nach meinem Tod. ... Zudem soll die Tierschutzorganisation Tierhilfe Mallorca einen Betrag in Höhe von € 500.000 erhalten ...

Bei den letzten Worten hatte Carlos verwirrt aufgeschaut. Tierhilfe Mallorca? Diese Organisation war ihm vollkommen unbekannt. Allerdings musste er zugeben, dass er von vielen guten Projekten erst aus der Zeitung erfahren hatte, obwohl diese teilweise fast direkt vor seiner Haustür lagen beziehungsweise dort stattfanden.

„Wer wusste alles von dem Testament?“, wollte er wissen, nachdem der Anwalt zu Ende gelesen hatte. Wie bei jedem Mordfall wusste er, dass sie das Motiv für den Mord herausfinden mussten, dann würden sie den Mörder von ganz alleine finden. Und wenn es um Geld oder eine Erbschaft ging, hatte er schon die unglaublichsten Dinge erlebt.

„Soweit ich weiß, niemand“, antwortete Herr Rodriguez ohne zu zögern.

„Nicht einmal sein Sohn?“, vergewisserte er sich. Jetzt, nachdem er erfahren hatte, dass Señor Borrel reich gewesen war, würden sie dessen Sohn noch einmal ganz genau unter die Lupe nehmen.

Der Anwalt schüttelte den Kopf. „Soweit ich weiß, wusste sein Sohn nichts. Aber das fragen Sie ihn am besten selbst. Vielleicht hat Emanuel doch irgendwann einmal etwas erzählt. Wer weiß das schon.“

„Und Antonio Borrel?“, wollte Tom wissen.

„Auch sein Bruder wusste von nichts“, antwortete der Anwalt. „Da bin ich mir sogar noch sicherer als bei seinem Sohn, weil wir uns darüber explizit einmal unterhalten haben.“

„Vielen Dank“, sagte Carlos und erhob sich von seinem Stuhl, „Sie haben uns sehr geholfen.“

Sie verabschiedeten sich und verließen das Büro von Herrn Rodriguez.

„Was meinst du dazu?“, fragte ihn Tom, als sie auf der Straße vor dem Büro standen.

Carlos antwortete nicht direkt. In seinem Kopf kreisten die Gedanken immer noch wild umher. Klar war aber, dass sich durch die Erkenntnis, dass Emanuel Borrel kein armer Olivenbauer, sondern ein vermögender Mann war, ganz neue Blickwinkel auf den Mord ergaben. Es war keine Seltenheit, dass jemand aus Gier umgebracht wurde. Ganz im Gegenteil.

„Ich denke“, begann er langsam, „wir sollten auf jeden Fall noch einmal mit dem Sohn und dem Bruder von Herrn Borrel sprechen und deren Alibis überprüfen. Pepe Borrel hat meiner Meinung nach ein konkretes Motiv. Sein Vater ist reich und er selbst scheint in relativ bescheidenen Verhältnissen zu leben und derzeit arbeitslos zu sein. Außerdem sollten wir mit jemanden aus der Tierschutzorganisation sprechen. Ich werde gleich einmal Paolo darauf ansetzen, dass wir eine Adresse und einen Namen bekommen.“

Tom nickte zustimmend. „Pepe Borrel war schon ein wenig seltsam. Vielleicht hatte er keine Lust zu warten, bis sein Vater stirbt.“

Carlos zuckte mit den Achseln. „Im Grunde war der Mord zu simpel, um lange geplant zu sein. Wenn jemand erschlagen wird, deutet das eher auf eine Tat im Affekt hin, aber wer weiß, was in dem Mörder vorgegangen ist.“

Er zückte sein Handy und wählte die Nummer von Paolo.

Während er mit ihm telefonierte, gingen sie in Richtung des Passeig del Born. Die Flaniermeile war eine der elegantesten und lebhaftesten Straßen von Palma.

Als er sein Gespräch beendet hatte und sie am Passeig del Born ankamen, erstreckte sich vor ihnen die von majestätischen Platanen gesäumte Allee, während die Sonne durch das dichte Blätterdach schien und tanzende Schatten auf die breite Promenade in der Mitte der Straße warf.

Carlos lächelte verträumt. Es gab kaum einen Ort, der belebter und bekannter war, als diese prächtige Straße mit den prunkvollen, historischen Gebäuden mit kunstvollen Fassaden und den Luxusboutiquen, in denen es alles gab, was das Herz reicher Urlauber begehrte.

„Paolo wird ein bisschen brauchen. Wollen wir eine kurze Pause machen und einen Kaffee trinken?“, schlug er vor.

Tom grinste glücklich. „Ich dachte schon, du fragst nie.“

***

„Dein Olivenöl ist wirklich fantastisch“, sagte Lisa. „Ich selbst habe zwar nicht so viel Ahnung, aber selbst Tom ist ganz begeistert.“

Alexander hatte mit Emilia in einem gemütlichen Café in Inca gefrühstückt und sich gut unterhalten. Die Stimmung seiner Tochter hatte sich tatsächlich etwas gebessert, was dazu führte, dass sich auch seine eigene Stimmung aufgehellt hatte. Nach dem Frühstück war er nach Ses Salines gefahren, um sich mit Lisa im

Hotel zu treffen.

Neben einigen Kisten Olivenöl hatte er auch eine Probe ihres selbst hergestellten Limoncellos mitgebracht, den er der Hotelmanagerin ebenfalls vorstellen wollte.

Lisa und ihren berühmten Verlobten hatte er letztes Jahr über Carlos kennen gelernt und ein fast freundschaftliches Verhältnis zu ihnen entwickelt.

„Das freut mich“, antwortete er. „Wo ist Tom eigentlich? Ich dachte, er wollte sich mehr Zeit für das Hotel nehmen.“

Lisa lächelte verschmitzt. „Das Hotel habe ich ganz gut im Griff, sodass Tom die Gelegenheit nutzt, um etwas mehr Zeit mit Carlos zu verbringen. Die beiden ermitteln in irgendeinem Mordfall zusammen.

Alexander schaute sie überrascht an. „Etwa in dem Mordfall von meinem Nachbarn?“

Er war erstaunt, dass Tom ebenfalls für die Polizei arbeitete. Bisher hatte er immer nur von dem kochenden Polizisten Carlos gehört.

Die Verlobte von Tom zuckte unwissend mit den Schultern. „Keine Ahnung, kann schon sein.“

Nachdenklich kratzte er sich am Kopf. Vielleicht sollte er Carlos einfach einmal anrufen. Ihn interessierte es wirklich, wer seinen armen Nachbarn so eiskalt ermordet hatte.

In diesem Moment klingelte Alexanders Telefon.

Mit großer Verwunderung stellte er fest, dass es Carlos war.

„Wenn man vom Teufel spricht“, sagte er grinsend und nahm das Gespräch entgegen.

„Hallo Alexander“, begrüßte ihn Carlos.

„Hallo Carlos, ich habe gerade an dich gedacht. Wie weit seid ihr mit euren Ermittlungen?“

„Deswegen rufe ich dich an. Wir haben herausgefunden, dass Emanuel Borrel ein vermögender Mann war.“

Alexander zog überrascht die Augenbrauen hoch, sagte jedoch nichts, sondern hörte weiter aufmerksam zu.

„Er hatte unter anderem ein nicht unerhebliches Barvermögen und ein wertvolles Grundstück in Colonia de Sant Jordi. Außerdem hat er, und das ist der eigentliche Grund meines Anrufs, einen Teil seines Vermögens an eine gemeinnützige Organisation namens Tierhilfe Mallorca vermacht. Kennst du diese Organisation?“

Alexander dachte nach. Der Name kam ihm bekannt vor, allerdings konnte er sich nicht daran erinnern, wo er ihn schon einmal gehört hatte. Hatte Ramon nicht darüber gesprochen? Aber in welchem Zusammenhang?

Gerade wollte er antworten, dass er den Gutsverwalter anrufen würde, als es ihm plötzlich wieder einfiel.

„Ramon hat von dieser Organisation erzählt“, sagte er. „Er hat vor einiger Zeit einen streunenden Hund auf unserem Grundstück entdeckt. Daraufhin hat er die Tierhilfe Mallorca angerufen und mit diesen zusammen den Hund eingefangen. Wenn ich mich nicht irre, sitzen die in Colonia de Sant Jordi.“

„Sehr gut, vielen Dank für die Information", sagte Carlos.

„Wenn ich euch irgendwie helfen kann, sagt gerne Bescheid. Ich bin übrigens gerade bei Lisa Woodfort. Wenn du Tom siehst, grüße ihn von mir."

„Werde ich ausrichten", entgegnete der kochende Polizist. Anschließend versprach er noch sich zu melden, sollte es Neuigkeiten geben, dann verabschiedeten sie sich.

„Sie ermitteln tatsächlich in dem Mordfall von meinem Nachbarn", sagte er zu Lisa, nachdem er aufgelegt hatte. „Mir war gar nicht bewusst, dass Tom auch für die Polizei arbeitet."

Lisa grinste. „So haben wir uns kennengelernt. Er hat damals mit Carlos zusammen in einem Mordfall ermittelt, in dem mein damaliger Mann verwickelt war."

Überrascht zog er die Augenbrauen hoch. Das klang interessant.

„Mein Ex-Mann hat seinen vermögenden Zwillingsbruder umgebracht, um an dessen Geld zu gelangen. Und fast wäre es ihm gelungen. Aber Tom und Carlos sind ihm auf die Schliche gekommen."

Sie starrte einen Moment lang stumm vor sich hin, bevor sie tief Luft holte und nickte. Plötzlich wirkte sie nicht mehr so fröhlich und unbeschwert, wie noch wenige Augenblicke zuvor. Die Erinnerung an damals machte sie traurig und nachdenklich.

„Das ist alles irgendwie schon so weit weg. Es kommt mir vor, als wäre das in einem anderen Leben gewesen."

„Dieses Gefühl kenne ich", sagte er sanft. Der Tod seiner Frau hatte sein Leben ähnlich einschneidend verändert. Und obwohl beide Geschichten sich grundlegend unterschieden, konnte er gut nachempfinden, was Lisa empfand.

Die Verlobte von Tom nickte dankbar. „Ich weiß das zu schätzen. Tom hat mir von deinem Verlust erzählt." Sie stockte kurz und es hatte den Anschein, als wollte sie noch etwas sagen. Doch dann schüttelte sie den Kopf, als hätte sie damit alle Wehmut einfach abgeschüttelt, und grinste wieder. „Genug schlechte Laune verbreitet. Wir sind hier, um über dein Olivenöl zu sprechen und nicht, um in der Vergangenheit zu schwelgen."

Alexander lachte. Die gute Laune von Lisa hatte auch für ihn eine befreiende Wirkung.

„Dann lass uns loslegen. Ich habe immerhin einen Traum zu verwirklichen."

„Einen Traum?", fragte Lisa.

„Anna und ich haben immer davon geträumt, Olivenöl auf Mallorca zu produzieren."

Lisa schaute ihn aus großen Augen an und Alexander erzählte ihr eine etwas verkürzte Version der Geschichte, welchen Traum seine Frau und er gehabt hatten, warum er nach Mallorca ausgewandert und wie schwer ihm dies anfangs gefallen war.

Als er zuletzt noch davon berichtete, dass seine Tochter nun auch hier war und wie sehr sich ihre Beziehung dadurch verbessert hatte, strahlte er über das ganze Gesicht.

„Das ist schön, dass sie auch Freude an Mallorca hat", sagte Lisa, als er mit seinen Ausführungen fertig war. „Es hätte durchaus sein können, dass sie ganz andere Träume oder Interessen hat. Eine Freundin von mir, die immer davon geträumt hat eine Eventagentur auf Mallorca zu gründen, hat ihren Sohn in Deutschland zurückgelassen, weil dieser lieber eine Ausbildung zum Webdesigner machen wollte."

Alexander blies die Wangen auf. Er dachte an die Zeit, bevor Emilia nach Mallorca gekommen war. Die Trennung von ihr hatte ihm hart zugesetzt.

„Aber weißt du, was meine Freundin gesagt hat?", fuhr Lisa fort, „sie hat gesagt, dass sie es verstehen kann, weil das Auswandern immer ihr Traum war und nicht der ihres Sohnes."

Alexander nickte zustimmend. Da war etwas Wahres dran. Und dann kam ihm plötzlich ein Gedanke.

***

„Petra Zimmermann?“, fragte Carlos die dunkelblonde Frau, die gerade damit beschäftigt war, einen alten Holzzaun zu reparieren, der um ein Stück Wiese stand, auf dem zwei abgemagerte Pferde grasten.

Nachdem sie auf dem Passeig del Born eine Pause eingelegt und mit Alexander telefoniert sowie auf den Rückruf von Paolo gewartet hatten, waren sie nach Colonia de Sant Jordi gefahren.

Paolo hatte ihnen die Adresse der Tierhilfe Mallorca sowie weitere Informationen über die Tierschutzorganisation besorgt.

Die Leiterin war eine 58 Jahre alte alleinstehende Deutsche namens Petra Zimmermann. Diese hatte vor zehn Jahren eine alte Finca außerhalb von Colonia de Sant Jordi gekauft und in einen Gnadenhof für Tiere aller Art umgewandelt.

Das Grundstück war von einer landestypischen

Natursteinmauer umgeben und beherbergte auf den ersten Blick diverse Käfige, Zwinger und Stallungen für Hunde, Katzen, Pferde und sogar Ziegen. Zudem gab es ein paar Oliven- und Mandelbäume sowie einige Zitronenbäume.

Am Zustand der Finca, die ebenfalls mit schönen Natursteinen verkleidet war, ansonsten aber einen eher baufälligen Eindruck machte, konnte man erkennen, dass Geld hier Mangelware war.

Auch das Grundstück selbst wirkte zwar einigermaßen ordentlich und aufgeräumt, doch bei genauerem Hinsehen konnte man erkennen, dass die Arbeit hier von zu wenigen Leuten erledigt wurde und Kleinigkeiten wie Unkraut rupfen oder Zäune reparieren allzu oft auf der Strecke blieben.

„Die bin ich“, antwortete die Deutsche und musterte die beiden misstrauisch. Auf Tom blieb ihr Blick ein wenig länger haften und veränderte sich plötzlich.

„Sind Sie nicht Tom Himmelreich?“, fragte sie

ganz aufgeregt.

Tom setzte sein charmantes Fernsehlächeln auf.

„Der bin ich“, bestätigte er und reichte Frau Zimmermann dabei die Hand. „Es freut mich, Sie kennen zu lernen. Sie haben hier etwas ganz Besonderes aufgebaut.“

Frau Zimmermann lächelte verlegen. „Das ist doch nichts Besonderes.“ Dabei machte sie eine wegwerfende Handbewegung. „Außerdem schauen Sie sich doch einmal um. Alles hier ist notdürftig geflickt und zusammengeschustert. Es fehlt praktisch an allem. An Arbeitern, Material und vor allem natürlich an Geld.“ Sie zuckte hilflos mit den Schultern.

„Sie sollten Ihr Licht nicht unter den Scheffel stellen“, sagte Tom, der weiterhin freundlichst lächelte.

Carlos kannte dieses Lächeln nur allzu gut. Sein Freund hatte ihm schon oft erzählt, dass er dieses Lächeln stundenlang vor dem Spiegel geübt hatte, damit es in seinen Sendungen perfekt aussah. Zudem hatte er sich aufgrund seiner Bekanntheit angewöhnt immer möglichst freundlich zu lächeln, wenn er auf der Straße erkannt wurde.

„Vielen Dank“, antwortete die deutsche Tierliebhaberin. „Was verschafft mir denn die Ehre Ihres Besuchs?“

„Mein Name ist Carlos Nuñoz“, übernahm nun Carlos das Gespräch. „Wir ermitteln in einem Mordfall an einem gewissen Emanuel Borrel. Ich nehme an, der Name sagt Ihnen etwas?“

Frau Zimmermann wurde schlagartig ganz blass. Sie begann zu zittern und musste sich an dem Holzzaun festhalten, um nicht in sich zusammenzusacken.

„Emanuel ist tot? Aber wie kann das sein?“ Doch weiter kam sie nicht. Ihre Stimme versagte und Tränen liefen ihre Wange hinab. Tom ging einen Schritt auf sie zu und stützte sie.

Es dauerte einen Moment, bis die Leiterin der Mallorca Tierhilfe sich wieder unter Kontrolle hatte.

„Wann haben Sie Herrn Borrel das letzte Mal

gesehen?“, fragte Carlos, nachdem sich Frau Zimmermann wieder einigermaßen im Griff hatte und sicher auf ihren Beinen stand.

„Das war letzte Woche. Er kam öfters hierher und hat uns geholfen, die Tiere zu versorgen oder hat manchmal Hand angelegt, wenn kleinere Reparaturen erledigt werden mussten. Emanuel war wirklich ein ganz lieber Mensch. Wer um alles in der Welt würde so einem Menschen etwas antun?“ Erneut liefen ihr Tränen über die Wangen und sie begann laut zu schluchzen.

„Genau das wollen wir herausfinden“, sagte Carlos mit sanfter Stimme. Er blickte zu Tom, der den Hinweis direkt verstand.

„Woher kannten Sie Emanuel eigentlich?“, fragte der Fernsehkoch. Dabei berührte er die Deutsche sanft an der Schulter und warf ihr einen aufmunternden Blick zu.

„Emanuel ist vor ungefähr fünf Jahren auf uns zugekommen, nachdem er ein paar Ziegen auf seinem Grundstück vorgefunden hatte. Er hat sich darüber informiert, wie man die Ziegen loswerden kann, ohne sie zu verängstigen oder zu verletzen. Er hat sich als ein sehr tierlieber Mensch entpuppt, was ihn natürlich sehr sympathisch gemacht hat. Wir haben uns auf Anhieb gut verstanden und Emanuel hat dann sogar direkt ein wenig Geld an uns gespendet."

Die Erinnerung an vergangene Zeiten ließen ihre Augen leuchten. Offenbar hatte sie ihn sehr gemocht.

„Hat er Ihnen jemals etwas davon erzählt, dass er mit irgendwem Ärger gehabt hat? Oder hat er sonst irgendetwas erzählt, was im Nachhinein vielleicht auffällig war?" Tom sprach langsam und einfühlsam. Carlos war immer wieder beeindruckt, wie professionell sich der bekannte Fernsehkoch bei den Ermittlungen verhielt. Er hatte nicht nur ein Talent für das Kochen, sondern auch für die Arbeit als Ermittler.

Die Leiterin der Tierschutzorganisation dachte einen Moment lang nach, dann schüttelte sie den Kopf. „Nicht, dass ich wüsste."

Plötzlich stockte sie und starrte für einen winzigen Moment lang ins Leere.

„Wenn ich es mir recht überlege, gibt es da doch etwas."

Carlos bemerkte augenblicklich, wie sein Herzschlag sich beschleunigte. Er war gespannt, was sie gleich berichten würde.

Auch Tom war sichtlich gespannt und fuhr sich nervös mit der Zunge über Lippen.

„Er hat vor ungefähr zwei Wochen erzählt, dass er sich mit seinem Sohn gestritten hat. Ich muss zugeben, dass ich nicht mehr alles weiß, aber wenn ich mich richtig erinnere, ging es bei dem Streit um Geld."

Tom und Carlos tauschten stumm ein paar Blicke. Vielleicht hatte Pepe doch gewusst, wie reich sein Vater gewesen war.

„Hat er erzählt, was für ein Ärger das genau war?", fragte Tom nach.

Frau Zimmermann kratzte sich nachdenklich am Kopf. „Tut mir leid, es kann sein, dass er etwas erzählt hat, aber ich kann mich nicht mehr daran erinnern."

Die Deutsche wirkte aufrichtig enttäuscht darüber, dass sie sich nicht mehr an das Gespräch erinnern konnte, doch Carlos hatte vollstes Verständnis. Den Gnadenhof zu führen bedeutete jede Menge Arbeit. Und wenn man das meiste davon allein machen musste, war man immer gestresst oder hatte etwas zu tun. Da konnte es schon einmal vorkommen, dass man nur mit einem Ohr zuhörte, wenn jemand einem etwas erzählte.

„Vielen Dank, Sie haben uns sehr geholfen", sagte er daher auch. Dann fügte er noch hinzu: „Und falls Ihnen doch noch etwas einfällt, melden Sie sich bitte. Oftmals sind es kleine, unwichtig erscheinende Details, die zur Lösung eines Falls beitragen können."

Sie wandten sich zum Gehen, als Carlos noch etwas einfiel.

„Frau Zimmermann?", fragte er. „Wissen Sie eigentlich, dass Emanuel Ihre Organisation in seinem Testament bedacht hat?"

Frau Zimmermann machte große Augen. „Was? Er hat uns etwas vererbt? Wirklich?“

Carlos nickte. „Einen großzügigen Betrag. Damit werden Sie viele Ihrer Probleme lösen können. Ein Anwalt wird sich bald bei Ihnen melden und die Details erklären.“

Zum Abschied deutete er ein Kopfnicken an. Frau Zimmermann hob gedankenverloren die Hand. Tränen standen ihr in den Augen. Doch dieses Mal waren es Tränen aus tief empfundener Dankbarkeit, das konnte Carlos spüren.

***

„Hier muss es sein“, stellte Tom fest. Dabei schaute er sich suchend nach allen Seiten um.

Nach ihrem Besuch bei Frau Zimmermann hatten sie beschlossen, das wertvolle Grundstück von Emanuel Borrel, dass er großzügigerweise seinem Bruder vermacht hatte, etwas genauer unter die Lupe zu nehmen.

Carlos hatte sich die Frage gestellt, ob der Streit zwischen Herrn Borrel und dessen Sohn vielleicht auch etwas mit der Schenkung des Grundstücks an Antonio Borrel zu tun gehabt haben könnte. Vielleicht hatte Pepe davon Wind bekommen und seinen Vater zur Rede gestellt. Zumindest wollten sie sich einen Eindruck davon verschaffen, wie wertvoll das Grundstück wohl war.

Das besagte Grundstück, dessen Adresse ihnen Paolo durchgegeben hatte, lag am nördlichen Ende von Colonia de Sant Jordi am Beginn des bekannten Strandes Es Trenc kurz hinter den Dünen.

Ein kleiner, enger Weg führte von der Hauptstraße zu dem unscheinbaren Grundstück, welches von einer halb zerfallenden Mauer umgeben war.

Wer sich auf Mallorca nicht auskannte, hätte das Grundstück vielleicht für wertlos gehalten, doch Tom und Carlos kannten sich aus. Und zwar sehr gut.

„Direkt hinter den Dünen mit einem eigenen Zugang zum Strand und fußläufig zur Stadt“, stellte Tom beeindruckt fest.

Carlos nickte zustimmend. Wenn das Grundstück eine Baugenehmigung hatte, war es sicherlich deutlich über eine Millionen Euro wert. Das schwere gusseiserne Tor, das den Eingang zu dem Grundstück bildete, war abgeschlossen, doch die Mauer war nicht einmal mannshoch, sodass sie keine Probleme hatten, darüber zu klettern. Sie hatten zwar keinen offiziellen Durchsuchungsbefehl, doch falls sie etwas finden sollten, wäre es für Fernando kein Problem, im Nachhinein einen zu besorgen.

Auf den ersten Blick gab es hier nichts Ungewöhnliches. Ein paar wildwachsende Bäume, Palmen und viel Unkraut. Doch dann fiel sein Blick auf das linke hintere Ende des Grundstücks, wo eine heruntergekommene Hütte stand, dessen Holz sichtbar morsch war.

„Was ist das dort hinter der Hütte?“, sagte er mehr zu sich selbst als zu Tom.

Hinter der Hütte war etwas unter einer Plane versteckt.

Tom und Carlos schauten sich an. Der Fernsehkoch hatte einen neugierigen Gesichtsausdruck, gepaart mit einem frechen Grinsen. Sie würden es gleich herausfinden.

Langsam und mit pochendem Herzen näherten sie sich der Plane. Carlos liebte diese Momente, in denen sie kurz davor waren, eine neue Spur oder einen entscheidenden Hinweis zu finden.

Tom hielt sich einen halben Schritt hinter ihm, als sie an der Plane ankamen. Schon bevor er diese anhob, konnte er etwas Blaues darunter erkennen.

Entschlossen griff er nach der Abdeckung, schlug diese schwungvoll nach hinten und trat einen Schritt zurück.

Ein unangenehmer, chemischer Geruch wehte ihnen entgegen. Unter der Plane waren blaue Plastikkanister gestapelt.

„Was ist das?“, fragte Tom und rümpfte die Nase.

Carlos dachte nach. Der Geruch kam ihm bekannt vor, allerdings kam er im Moment nicht darauf, woher. Unschlüssig stand er vor dem Stapel Kanister und dachte nach.

Konnten die blauen Kanister etwas mit Emanuels Tod zu tun haben? Und wenn ja, was?

„Ich denke, wir sollten das Zeug untersuchen lassen“, sagte er nach einem Moment des Schweigens und zückte sein Handy.

Ein Geräusch am Tor hielt ihn davon ab. Er drehte sich um und erkannte einen Mann mittleren Alters mit dunklen Haaren, der vor dem Tor stand und sich daran zu schaffen gemacht hatte.

Im gleichen Augenblick, wie Carlos ihn gehört und sich umgedreht hatte, hatte der Mann Tom und ihn entdeckt. Einen kurzen Augenblick starrten sie sich an, dann drehte der Mann sich um und lief weg.

Ohne nachzudenken, lief Carlos los. Wer auch immer der Mann war, er musste mit ihm reden.

„Stehen bleiben!“, schrie er auf Spanisch,

während er die Strecke bis zum Tor rannte. Das Aufheulen eines Motors, ließ ihn noch einmal beschleunigen. Tom blieb dicht hinter ihm und als sie die Mauer erreicht hatten, machten sie einen großen Satz und überquerten diese, ohne dabei viel Tempo einzubüßen.

Doch es war vergebens. Carlos konnte gerade noch einen roten Pickup erkennen, der den kleinen Weg rückwärts gerast war und nun mit quietschenden Reifen auf die Straße abbog und davonbrauste.

Ihr Auto stand zu weit weg, als dass sie eine Chance gehabt hätten, den Flüchtenden noch einzuholen.

„Hast du sein Nummernschild erkennen können?“, fragte Tom atemlos. Sie hatten angehalten und der Fernsehkoch musste sich vor Erschöpfung auf den Beinen abstützen.

Carlos schüttelte enttäuscht den Kopf. „Leider nicht.“

Er zückte das Telefon, das er für die Verfolgung zurück in die Hose gesteckt hatte, und wählte Fernandos Nummer.

Mal sehen, was die Spurensicherung findet, dachte er, während er darauf wartete, dass sein Freund das Gespräch entgegennahm.

Kapitel V

Müde schlug Alexander die Augen auf. Sonnenstrahlen fielen durch die geschlossenen Schlagläden und tauchten sein Schlafzimmer in ein herrliches Zwielicht. Gestern Abend waren plötzlich dunkle Wolken aufgezogen und hatten in Teilen Mallorcas für schwere Unwetter gesorgt. Auch bei ihnen in Inca hatte es sintflutartig geregnet.

Doch heute Morgen war nichts mehr von dem Unwetter übrig.

Draußen schien die Sonne von einem wolkenlosen, blauen Himmel und es würde ein weiterer sonniger und vor allem heißer Tag auf Mallorca werden.

Langsam richtete Alexander sich auf und schaute sich um. Nach seinem Besuch im Hotel von Tom vor zwei Tagen und dem produktiven Gespräch mit Lisa, bei dem sie die Lieferung größerer Mengen Olivenöls vereinbart hatten, hatte er noch keine Gelegenheit gehabt, in Ruhe mit seiner Tochter zu sprechen. Und ob er heute die Zeit dafür haben würde, war auch eher fraglich, denn Ramon hatte ihn gestern gefragt, ob sie zusammen zur Cala Pi fahren könnten. Sein Gutsverwalter wollte ihm dort etwas zeigen.

Stella und Emilia würden sich heute um die neu ankommenden Gäste kümmern, sodass Ramon und er ohne schlechtes Gewissen den kleinen Ausflug unternehmen konnten.

Alexander hatte sich mittlerweile immerhin schon auf die Bettkante gesetzt und war gleich bereit, aufzustehen.

Er hatte das Schlafzimmer in den letzten Monaten stark verändert und so eingerichtet, wie Anna und er es sich in ihren Träumen ausgemalt hatten.

Die vorhandenen Holzbalken an der Decke hatte er restauriert und die Wände in einem cremefarbenen Weißton gestrichen. Die Terrakottafliesen auf dem Boden hatte er unverändert gelassen und lediglich einen mediterranen Teppich in dem typischen blau-weißen mallorquinischen Muster vor dem Bett platziert. Dazu hatte er zwei schöne Gemälde eines kleinen Hafens sowie vom Strand an die Wand gehängt und davor eine neue Kommode gestellt, die weiß und türkis gestrichen und mit einem geschnitzten Anker verziert war. So hatte er das Zimmer, zumindest nach seinem Empfinden, in eine wahrhafte Wohlfühloase verwandelt.

Nachdem er sich ausgiebig gestreckt hatte, erhob er sich schwungvoll aus dem Bett und ging in Richtung Badezimmer.

Ein Blick in den Spiegel zeigte ihm einen gut gelaunten, wenn auch langsam älter werdenden Mann mit Dreitagebart und wild durcheinander gewirbelten Haaren. Er schöpfte sich mit den Händen zweimal kaltes Wasser ins Gesicht und fühlte sich direkt ein wenig erfrischter. Jetzt noch ein bisschen die Haare kämmen und er wäre bereit für den Tag.

Früher, als er noch als Manager gearbeitet hatte, wäre er niemals so in den Tag gestartet.

Nach einem strengen Fitnessprogramm hätte er sich rasiert, geduscht, ganz ordentlich die Haare gekämmt und zuletzt in einen seiner unzähligen Anzüge gezwängt.

Doch diese Zeiten waren glücklicherweise vorbei.

Das Klingeln seines Telefons riss ihn aus seinen Gedanken. Wahrscheinlich war es Ramon, der ihn fragen wollte, wann er so weit war.

Er warf einen letzten Blick in den Spiegel und beschloss, dass er mit seinem Äußeren zufrieden war, dann ging er zurück ins Schlafzimmer, wo sein Telefon lag.

„Guten Morgen, Ramon“, begrüßte er seinen Gutsverwalter.

„Guten Morgen, Alexander. Bist du bereit für unseren Ausflug?“

„Ich bin so gut wie fertig“, antwortete er mit einem Lächeln im Gesicht. Dass er, der pünktliche Deutsche, tatsächlich einmal von einem Spanier gefragt werden würde, ob er schon fertig sei, hätte er sich nicht in seinen kühnsten Träumen vorstellen können.

„Sehr gut. Kommst du gleich zu uns herüber? Stella hat uns beiden Frühstück gemacht.“

Alexander zog verwundert die Augenbrauen hoch. Mit so einem Service hatte er nicht gerechnet. Aber umso besser, dann würde sein Frühstück heute nicht nur aus einer Tasse Kaffee bestehen.

„Ich komme“, sagte er. Dann legte er auf, um sich anzuziehen und zum Haus seines Freundes hinüberzugehen.

Er war gespannt, was Ramon ihm zeigen wollte.

***

„Habt ihr etwas herausgefunden?“ Carlos schaute erwartungsvoll zu Fernando.

Den gestrigen Tag hatte er im Café Mercado verbracht, während die Spurensicherung das Grundstück in Colonia de Sant Jordi Zentimeter für Zentimeter durchkämmt hatte. Der Inhalt der insgesamt einhundert blauen Kanister war zur Analyse ins Kriminaltechnische Labor gebracht worden und mit ein bisschen Glück hatte Fernando, der es sich auf Grund der jüngsten Ereignisse nicht hatte nehmen lassen, seinen Urlaub zu unterbrechen, die Ergebnisse bereits vorliegen oder konnte zumindest sagen, wann diese vorliegen würden.

Er hatte seine Tochter heute in den Kindergarten gebracht und war dann zum Polizeirevier gefahren, nicht jedoch ohne vorher in seinen Lieblingscafé ein paar Tassen Kaffee zu besorgen. Denn der Kaffee aus dem Automaten im Polizeirevier war gemeinhin als Giftmischung bekannt und nicht wirklich zum Verzehr geeignet.

„Guten Morgen, Carlos“, erwiderte sein Freund gut gelaunt. Er saß an seinem Schreibtisch im Großraumbüro und blätterte in irgendeiner Akte. „Da war mein Urlaub doch kürzer als gedacht. Aber wenn wir dafür den Mordfall gelöst bekommen, bin ich gerne bereit auf ein paar freie Tage zu verzichten.“

Doch Carlos schüttelte entschieden den Kopf.

„Du wirst gleich schön wieder nach Hause gehen. Ich habe dich nur angerufen, weil wir den Durchsuchungsbefehl gebraucht haben und ich diesen als einfacher Berater nicht beantragen kann. Sobald wir die Ergebnisse haben, mache ich allein weiter.“

Fernando wollte etwas sagen, entschied sich angesichts des strengen Gesichtsausdrucks, mit dem Carlos ihn ansah, jedoch dagegen und nickte schweigend.

„Haben wir denn schon Ergebnisse?“, hakte Carlos in einem deutlich versöhnlicheren Ton nach.

„Bis jetzt noch nicht“, antwortete Fernando, „aber sie müssten eigentlich jeden Augenblick kommen.“

Das war eine gute Nachricht. Carlos hatte das unbestimmte Gefühl, dass die Laborergebnisse sie bei ihren Ermittlungen ein gutes Stück weiterbringen würden.

In diesem Augenblick kam Paolo in das Großraumbüro gelaufen. Der junge Inspektor war wie immer gut gekleidet und trug ein rosafarbenes Hemd zu einer Bluejeans sowie weiße Sneaker. Seine dunklen Haare waren ordentlich gekämmt und sein wacher Blick verriet, dass er, im Gegensatz zu einigen seiner Kollegen, hoch motiviert war.

„Die Ergebnisse aus dem Labor sind da", rief er quer durch das Großraumbüro.

„Warum ruft er nicht einfach an oder schickt diese per Mail?", flüsterte Carlos mit einem Grinsen im Gesicht.

Auch Fernando musste schmunzeln, zuckte als Antwort jedoch nur stumm mit den Achseln.

„Die Flüssigkeit in den Kanistern ist Anilin", berichtete Paolo mit einem triumphierenden Gesichtsausdruck.

Fernando und Carlos schauten sich unschlüssig an. Carlos meinte, den Begriff schon einmal gehört zu haben, konnte sich aber nicht erinnern, in welchem Zusammenhang. Auch Fernando schien nicht viel mit dem Begriff anfangen zu können.

Paolo hatte die Ratlosigkeit der beiden erkannt und hob den Zeigefinger als Zeichen, dass er noch nicht fertig war.

„Anilin, auch Benzenamin genannt, ist eine klare, farblose bis schwach gelbliche, ölige Flüssigkeit mit einem eigenartigen Geruch, die an der Luft schnell rötlich-braun wird“, erklärte er und fuhr, ohne eine Reaktion der beiden abzuwarten, fort: „Traurige Bekanntheit erlangte die Flüssigkeit Anfang der 80er Jahre beim bis heute größten Lebensmittelskandal Spaniens.“

Nun ging Carlos ein Licht auf. Daher kannte er Anilin. Zu Beginn der 80er Jahre hatten spanische Unternehmer billiges Rapsöl aus Frankreich importiert, mit Anilin gepanscht und als günstiges Olivenöl verkauft. Damals waren hunderte, wenn nicht gar tausende Menschen an den Folgen des Konsums des gepanschten Öls gestorben.

Er hatte in Deutschland einmal in dem Fall eines vergifteten Gemüsehändlers ermittelt und hatte in diesem Zusammenhang auch über Anilin und den Lebensmittelskandal in Spanien gelesen.

„Und haben wir schon etwas über den roten Pickup herausgefunden?“ Fernandos Stimme holte ihn zurück in die Wirklichkeit.

„Es gibt nicht allzu viele rote Pickups auf Mallorca“, antwortete der junge Inspektor. „Wir haben insgesamt 10 Fahrzeughalter identifiziert, die einen roten Pickup fahren. Davon ist einer auf einen gewissen Alejandro Morata aus Colonia de Sant Jordi zugelassen. Die anderen Adressen gebe ich euch natürlich auch, aber ich nehme an, mit ihm wollt ihr zuerst sprechen.“

Carlos nickte zufrieden. Paolo hatte einmal mehr unter Beweis gestellt, was für ein ausgesprochen fähiger Polizist er doch war.

Zehn Minuten später saß Carlos im Auto in Richtung Santa Maria del Camí. Er würde Tom abholen und mit diesem nach Colonia de Sant Jordi fahren, um Alejandro Morata zu befragen.

Der Kreis der Verdächtigen hatte sich überraschend erweitert. Wenn der Mord an Emanuel etwas mit den Anilin-Kanistern zu tun hatte, waren sie vielleicht einer deutlich größeren Sache auf der Spur, als sie noch vor ein paar Stunden gedacht hatten. Womöglich gab es einen weiteren Umweltskandal, der vertuscht werden sollte. Oder war Emanuel vielleicht doch kein einfacher Olivenbauer, der durch Fleiß und harte Arbeit zu Geld gekommen war? Hatte er eventuell etwas mit der Sache zu tun?

Viele verschiedene Gedanken kreisten durch seinen Kopf und er wusste, dass er diese erst einmal sortieren müsste. Dafür brauchte er Ruhe. Aber vorher würden sie mit Herrn Morata sprechen.

Es hatte ihn einige Mühe gekostet, Fernando davon abzuhalten mitzukommen. Doch schlussendlich hatte er es geschafft. Sein Freund wusste, dass er sich auf ihn verlassen konnte und dass er ihn anrufen würde, sollte es eine heiße Spur oder einen konkreten Verdächtigen geben.

Und bis dahin würde Tom ihn unterstützen.

Der Koch war von Natur aus neugierig und nach den neusten Erkenntnissen ganz begierig darauf zu erfahren, wohin sie die neue Spur führen würde. Und weil Lisa weiterhin alles im Griff hatte, würde er ihn auch in den nächsten Tagen bei den Ermittlungen unterstützen.

Carlos nickte gedankenversunken. Diese Mal war er mindestens genauso neugierig wie Tom.

Was für ein Geheimnis hast du uns da hinterlassen, mein lieber Emanuel, dachte Carlos.

Ein Lächeln huschte über sein Gesicht. Sie würden es herausfinden, da war er sich sicher.

***

Alexander atmete tief ein und nahm den Geruch der salzigen Meeresluft mit geschlossenen Augen in sich auf.

Nach einer knapp einstündigen Fahrt waren sie an der Cala Pi angekommen und auf direktem

Wege runter zum Stand gegangen.

Die malerische Bucht an der Südküste Mallorcas war bekannt für ihre idyllische Lage und natürliche Schönheit. Eingebettet zwischen steilen Felswänden, erstreckte sich die Bucht tief ins Landesinnere und bot einen geschützten Ankerplatz für Boote. Der feine, goldene Sandstrand lud zum Sonnenbaden ein, während das kristallklare, türkisfarbene Wasser ideale Bedingungen zum Schwimmen und Schnorcheln bot.

Die umgebenden Klippen waren mit Pinien und mediterranen Sträuchern bewachsen, die der Landschaft einen grünen und naturbelassenen Rahmen verliehen. Ein kleiner Pfad führte vom Parkplatz oberhalb der Bucht hinunter zum Strand und von den Felsen sowie der langen Treppe hatte man einen wunderbaren Blick auf das blau funkelnde Meer.

„Herrlich hier, nicht wahr?“ Ramon stand neben ihm und schaute abwesend aufs Meer.

„Das ist es“, bestätigte Alexander, „aber warum

sind wir eigentlich hier?“

Der Gutsverwalter lächelte geheimnisvoll. „Du musst dich noch ein wenig gedulden. Lass uns den Augenblick genießen. Gleich kommen wir zum geschäftlichen Teil unseres kleinen Ausflugs.“

Alexander runzelte die Stirn. Seit wann war Ramon bloß so ein Geheimniskrämer? Und was für Geschäfte könnten sie hier schon machen? Außer der schönen Bucht und ein paar Restaurants gab es in Cala Pi nicht viel.

Doch dann zuckte er mit den Schultern. Ramon hatte zumindest mit einer Sache recht. Sie sollten den Augenblick genießen. Es war gerade außergewöhnlich leer am Strand und man konnte in Ruhe dem Rauschen des Meeres lauschen. Das war etwas, was er an Mallorca liebte. Den Anblick des tiefblauen, türkis funkelnden Meeres und das Rauschen der Wellen.

Er schloss die Augen und atmete tief ein, während die Sonnenstrahlen sein Gesicht liebkosten und ihm eine wohlige Wärme schenkten.

„Sollen wir oben noch einen Kaffee trinken?“, fragte Ramon und beendete damit diesen kurzen Moment der Ruhe.

Alexander nickte. Da es sowieso keinen Sinn hatte, Ramon danach zu fragen, was denn eigentlich der Zweck ihres Ausfluges war, würde er einfach alles mitmachen und sehen, wohin das führte.

Also machten sie sich an den Aufstieg. Die Treppe vom Strand zu dem oberhalb gelegenen Ort war steil und eng. Außerdem waren es eine Menge Stufen, bis man endlich oben war.

Sie setzten sich in ein kleines, einfaches Café mit roten, runden Plastiktischen und ebenfalls roten Stühlen.

Obwohl gerade Hauptsaison war, wirkte der Ort ruhig, fast verschlafen. Spanische Musik ertönte aus dem Inneren des Cafés und über der Theke war ein alter Fernseher an der Wand angebracht, in dem ein Fußballspiel lief.

Sie setzten sich und bestellten etwas zu trinken.

„Hier in dem Ort ist doch nichts?“, stellte Alexander verwundert fest. Er hatte nicht die geringste Ahnung, warum sie hier waren. Oder wollte Ramon einfach nur einen gemütlichen Vormittag mit ihm verbringen? Hatte er in letzter Zeit vielleicht so gestresst gewirkt, dass Stella und Ramon beschlossen hatten, ihm ein bisschen Entspannung verschaffen zu müssen? Er schüttelte den Kopf. Das konnte eigentlich nicht sein.

„Um ehrlich zu sein, sind wir auf dem Weg hierhin schon an unserem Ziel vorbeigefahren“, begann Ramon und nippte an dem Cortado, den der Kellner ihm gerade gebracht hatte. „Es gibt ein kleines Weingut hier ganz in der Nähe. Dort haben wir gleich einen Termin, um über eine Kooperation zu sprechen.“

Verwundert zog Alexander die Augenbrauen hoch. Er produzierte Olivenöl. In welcher Weise sollte eine Zusammenarbeit mit einem Weingut möglich sein?

Ramon hatte seinen kritischen Blick bemerkt.

Er hob beschwichtigend die Hände.

„Ich weiß selbst nicht genau, was der Besitzer des Weinguts sich vorstellt. Die Kontaktanfrage ging von ihm aus. Sein Name ist Juan Puyol."

Alexander legte die Stirn in Falten. Der Name kam ihm bekannt vor. Allerdings konnte er sich im Moment nicht daran erinnern, wo er den Namen schon einmal gehört hatte.

Eine Dreiviertelstunde später bogen sie in die Einfahrt des Weinguts von Herrn Puyol ab. Es lag an der Landstraße, die von Llucmajor nach Cala Pi führte und hatte ein großes, herrschaftliches Tor, das links und rechts von einer halbhohen Trockensteinmauer umgeben war. Die Auffahrt zum Haus war mehrere hundert Meter lang und von meterhohen Palmen gesäumt. Auf beiden Seiten des Weges wuchsen unzählige Weinreben, deren Trauben verführerisch im Licht der Sonne funkelten.

Am Ende des Weges stand ein modernes und trotzdem mediterran wirkendes Haus mit einer Natursteinfassade und einem auffälligen

Glasanbau an der linken Seite.

Ramon parkte den Wagen vor dem Eingang des Hauses, auf einem gepflasterten Platz mit einem klassisch gemauerten Brunnen in der Mitte.

Als sie ausstiegen, kam ihnen ein Spanier mittleren Alters entgegen. Er hatte schulterlange, dunkle Haare, trug ein blaues Hemd zu einer beigefarbenen Leinenhose und einer großen schwarzen Sonnenbrille.

Alexander vermutete, dass dies Juan Puyol war und er überlegte, ob ihm das Gesicht bekannt vorkam.

Doch selbst, als der Spanier die Sonnenbrille abnahm und sie freundlich anlächelte, kam ihm keine Idee, woher er Señor Puyol kennen könnte.

„Guten Tag, die Herren“, begrüßte sie der Mann, „mein Name ist Juan Puyol und ich nehme an, Sie sind Herr Perez und Herr Tremmel?“ Er schaute Ramon und Alexander erwartungsvoll an.

Alexander nickte stumm. Mittlerweile hatte er beschlossen, dass er Herrn Puyol doch nicht kannte.

„Kommen Sie doch bitte herein", bat Herr Puyol und machte eine einladende Geste.

Die Eingangstür aus dunklem Holz war kunstvoll verziert und führte in eine großzügige Empfangshalle, in der es angenehm kühl war. Das Haus war, obwohl es offensichtlich noch nicht sehr alt war, klassisch gehalten und mit vielen Elementen versehen, die einen altertümlichen, charmanten Charakter verliehen.

Von der Empfangshalle gingen sie nach links durch eine Schiebetür, die in den Glasanbau führte.

„Das hier ist unser Verkaufsraum", erklärte Herr Puyol mit einem unüberhörbaren Stolz in seiner Stimme.

Der Glasanbau war modern und mit vielen Holzelementen gestaltet. Eine Verkaufstheke stand rechts neben der Eingangstür und neben unzähligen Flaschen Wein gab es hier allerlei Köstlichkeiten von regionalen Anbietern. Dazu zählte auch Olivenöl, wie Alexander feststellte.

„Darf ich Ihnen eine Kostprobe unseres neusten Weines anbieten?“, fragte er. Dabei deutete er auf ein Holzfass in der Mitte des Raumes, das zu einem Tisch umfunktioniert war und auf dem drei Gläser sowie eine Flasche Wein standen.

Ramon, der das Trinken vor einigen Jahren komplett aufgehört hatte, lehnte höflich ab, während Alexander zustimmend nickte.

„Mein Sohn hat für Sie gearbeitet, als Sie noch Manager in Deutschland waren“, erläuterte Herr Puyol, nachdem sie den köstlichen Weißwein probiert hatten.

„Sein Name lautet Ferran. Vielleicht erinnern Sie sich an ihn.“

Alexander schnipste mit dem Finger. Ferran Puyol, natürlich. Der junge Mann war damals frisch von der Uni gekommen, als er ihn kennengelernt hatte. Ferran war ein fleißiger, begabter und vor allem ehrgeiziger Mitarbeiter gewesen. Er konnte sich noch gut an ihn erinnern. Der junge Spanier war ihm direkt sympathisch gewesen und weil er von Mallorca kam, hatte Alexander sich mit ihm über die Insel unterhalten. Dabei hatte Ferran auch den Namen seines Vaters Juan erwähnt. Daher war ihm der Name so bekannt vorgekommen.

„Ich erinnere mich gut an Ihren Sohn. Er war ein vorbildlicher Mitarbeiter. Wie geht es ihm?“

„Ferran arbeitet weiterhin in Deutschland. Er fühlt sich dort sehr wohl und ist mittlerweile mit einer deutschen Frau verheiratet. Wenn die beiden Urlaub haben, kommen sie oft hierher und helfen auf dem Weingut. Dabei hat Ferran auch erzählt, dass Sie nach Mallorca ausgewandert sind und Olivenöl produzieren.“

Jetzt kamen sie zum geschäftlichen Teil. Das war Alexander nur recht. Er war kein Freund davon, lange um den heißen Brei herum zu reden.

„Das ist richtig“, antwortete er lächelnd. „Und wie ich sehe, vertreiben Sie in Ihrem Geschäft auch Olivenöl.“

„Ich verkaufe nur lokale Produkte, von deren Qualität ich vollkommen überzeugt bin. Und Ihr

Olivenöl gehört definitiv dazu.“

„Sie meinen, wir könnten unser Öl in Ihrem Laden anbieten?“, fragte er.

Herr Puyol nickte. „Hier und in unserem neuen Geschäft in Palma. Und das ist auch der Hauptgrund, warum ich Sie kontaktiert habe.“

Nun wird es interessant, dachte Alexander, der ahnte, dass es nicht nur um den Verkauf von ein paar Flaschen Olivenöl ging.

„Ihr Mitarbeiter“, er deutete auf Ramon, „hat erwähnt, dass Sie auch einen Limoncello herstellen. Den könnten wir ebenfalls in unser Sortiment aufnehmen. Aber im Grunde geht es darum, dass wir mehrere Geschäfte auf der Insel und zukünftig vielleicht auch spanienweit eröffnen und dort unsere Weine und andere lokale Produkte vertreiben wollen. So eine Art Kette. Und Ferran hat gesagt, dass es niemanden gäbe, der sich mit dem Aufbau eines neuen Filialnetzes besser auskennt als Sie.“

Alexander lächelte. Damit hatte er nicht gerechnet.

„Ich soll Ihnen beim Aufbau Ihres Geschäfts behilflich sein“, stellte er fest.

„Nicht nur das“, antwortete Herr Puyol. „Mir schwebt eine Partnerschaft vor. Wir machen zusammen eine neue Firma auf, mit der wir Geschäfte eröffnen, unsere Produkte verkaufen und gemeinsam wachsen. Auch ein eigener Onlineshop schwebt mir vor.“

Er holte tief Luft. Das klang unheimlich interessant. Allerdings war es nicht das, wofür er nach Mallorca gekommen war.

„Ihre Idee klingt gut. Und ich fühle mich geehrt, dass Sie mich als Partner in Betracht ziehen“, begann er langsam. Er wählte jedes Wort sorgfältig aus. Er wollte Herrn Puyol weder eine feste Zusage geben noch ihm eine Absage erteilen. „Aber ich muss darüber nachdenken. Mit so einem Vorschlag habe ich nicht gerechnet.“

Herr Puyol nickte. „Selbstverständlich. Ich würde auch nicht direkt zusagen. Denken Sie in aller Ruhe darüber nach. Wenn Sie möchten, schicke ich Ihnen eine Mail mit ein paar Gedanken, die ich mir gemacht habe.“

Alexander nickte. „Das wäre sicherlich hilfreich.“

Er schaute zu Ramon. Der Gutsverwalter zuckte entschuldigend mit den Schultern. Offenbar hatte ihn der Vorschlag genauso überrascht, wie ihn.

***

„Alejandro Morata?“, fragte Carlos freundlich und hielt dem Mallorquiner seinen Ausweis hin, der ihn als Berater bei der Polizei auswies.

Tom und er waren zur Adresse von Herrn Morata gefahren und hatten zu ihrer Überraschung festgestellt, dass direkt vor dem Haus ein roter Pickup parkte. Äußerlich sah das Auto genauso aus, wie jenes, das vor ihnen geflüchtet war.

„Was wollen Sie?“, entgegnete Herr Morata missmutig. Er war laut Akte 55 Jahre alt und hatte eine Vorstrafe wegen Fahren unter Drogeneinfluss. Seine dunklen Haare waren kurzgeschoren und seine rechte Wange zierte eine große Narbe. Sein rechter Unterarm war tätowiert und seine kräftigen Hände wiesen darauf hin, dass er es gewohnt war, körperlich zu arbeiten.

„Mein Name ist Carlos Nuñoz und das hier ist Tom Himmelreich. Wir haben ein paar Fragen an Sie.“

Herr Morata schaute sie aus zusammengekniffenen Augen an. Einen kurzen Moment sah es so aus, als wollte er sie wütend beschimpfen, doch plötzlich hellte sich seine Miene auf.

„Sie sind doch der Typ aus dem Fernsehen“, sagte er zu Tom.

Tom nickte und setzte sein Fernsehlächeln auf. „Der bin ich“, sagte er auf Spanisch.

Mittlerweile sprach Tom ein ganz passables Spanisch, was natürlich wichtig war, wenn man ein Hotel auf Mallorca führen wollte und mit spanisch sprechenden Angestellten sowie des Öfteren auch mit Behörden zu tun hatte.

„Was haben Sie denn mit den Bullen zu tun?“, fragte Herr Morata und machte eine Kopfbewegung in Richtung von Carlos.

„Wir machen demnächst eine Sendung über die Essgewohnheiten von verschiedenen Berufsgruppen. Da recherchiere ich ein bisschen.“

Herr Moratas Gesichtsausdruck war eine Mischung aus Verwunderung und Ergriffenheit. Er nickte.

„Ist das Ihr Pickup?“, fragte Carlos. Er schaute dem Spanier in die Augen. Wenn er sich ertappt fühlte, ließ er sich dies nicht anmerken.

„Das ist meiner“, bestätigte er.

„Waren Sie gestern damit in der Nähe vom Es Trenc unterwegs?“

Herr Morata schüttelte den Kopf. Dabei blitzte ein diebisches Grinsen auf.

„Nein, wieso?“

„Ein roter Pickup hat sich gestern mit

überhöhter Geschwindigkeit von einem Tatort entfernt“, antwortete Carlos. „Wir werten gerade die Bilder der Kameras aus, dachten aber, dass wir den Fahrer vielleicht vorher schon finden.“

Seine Finte hatte gewirkt. Herrn Morata entglitten kurzzeitig die Gesichtszüge. Ganz sicher war er es gewesen, der vor ihnen geflohen war.

„Was war das denn für ein Tatort?“ Er versuchte gelangweilt zu klingen, doch die Panik in seiner Stimme war nicht zu überhören.

„Das können wir Ihnen im Moment leider nicht sagen“, antwortete Carlos trocken. „Wir müssen jetzt auch weiter. Falls Ihnen etwas einfällt, melden Sie sich bitte.“ Er reichte ihm eine seiner Visitenkarten und wandte sich um.

Tom schaute ihnen einen Augenblick irritiert an, dann nickte er. Der Koch kannte ihn gut genug, um zu wissen, dass er nichts ohne Grund tat. Und tatsächlich hatte er einen Plan.

„Wir beobachten sein Haus“, sagte er, als sie außer Hörweite waren. „Sollte er innerhalb der nächsten Minuten irgendwo hinfahren, verfolgen wir ihn. Ich bin mir sicher, dass dieser Typ Dreck am Stecken hat. Und er schaut nicht so aus, wie der Kopf einer kriminellen Vereinigung. Ich denke, was immer mit dem Anilin vor sich geht, Herr Morata ist nur ein Handlanger. Vielleicht können wir zwei Fliegen mit einer Klappe schlagen. Wir finden den Mörder von Emanuel Borrel und setzen dem Treiben mit dem Anilin ein Ende. Was auch immer das für ein Treiben auch sein mag."

Tom nickte anerkennend. „So kenne ich dich. Immer gut vorbereitet und mit einem Plan."

Sie mussten keine fünf Minuten warten, bis die Tür sich öffnete und Herr Morata vor sein Haus trat. Er schaute sich nervös um und stieg dann in sein Auto.

Carlos und Tom hatten ihr Auto so im Schatten eines gegenüberliegenden Hauses geparkt, dass sie die komplette Straße überblicken konnten, ohne dass sie selbst gesehen wurden.

Der rote Pickup fuhr an ihnen vorbei und mit

ein wenig Sicherheitsabstand folgten sie ihm.

Sie verließen Colonia de Sant Jordi und bogen auf die Landstraße in Richtung Campos ab.

Nach gut 15 Minuten erreichten sie das kleine, landwirtschaftlich geprägte Städtchen im Südosten Mallorcas. Carlos mochte den ursprünglichen Charakter von Campos und war an Markttagen des Öfteren hier, um frische Zutaten für das Café Mercado zu kaufen oder neue Spezialitäten zu entdecken.

Am Marktplatz des Ortes hielt Herr Morata an und stieg aus dem Auto.

Carlos und Tom hatten in einiger Entfernung ebenfalls angehalten und beobachteten den Spanier. Zielsicher steuerte Herr Morata auf ein Ladenlokal am Rande des Marktplatzes zu.

„Meinst du, da arbeitet sein Boss?“, fragte Tom. Obwohl sie allein waren, flüsterte der berühmte Koch. Er war freudig aufgeregt, endlich einmal wieder mit seinem Freund Carlos in einem Mordfall zu ermitteln und einen Verdächtigen zu observieren.

„Das werden wir herausfinden“, antwortete Carlos, während er weiterhin angestrengt in Richtung des Ladenlokals schaute. Wenn er das Firmenschild auf die Entfernung richtig lesen konnte, handelte es sich um einen Telefonladen, in dem man Handys kaufen und Mobilfunkverträge abschließen konnte. Was konnte das mit dem Anilin in den Kanistern zu tun haben?

Er zückte sein Telefon und wählte die Nummer von Paolo.

„Hola, Herr Nuñoz“, begrüßte ihn der ehrgeizige Inspektor. „Was kann ich für Sie tun?“

„Du musst etwas für mich herausfinden“, sagte Carlos, der seinen Blick weiterhin starr auf das Ladenlokal gerichtet hatte. „Und wenn möglich sofort.“

Kapitel VI

Alexander stand auf der Terrasse seiner Finca und schaute auf den Pool. Die großen Palmen wehten gemächlich im Wind, während das Wasser des Pools verführerisch im Licht der gerade aufgegangen Sonne funkelte.

Doch seine Gedanken waren ganz woanders. Er dachte an Anna und ihren letzten gemeinsamen Besuch auf Mallorca. Auch wenn sie es damals nicht hatte zeigen wollen, so wusste er dennoch, dass sie Schmerzen gehabt hatte. Die Krankheit war weit fortgeschritten gewesen und ihre Haut war trotz der Sonne aschfahl gewesen.

Und trotzdem, Mallorca hatte ihr gutgetan. In ihren Augen war dieses Funkeln gewesen, das sie immer nur hier gehabt hatte.

Ich will, dass du dein Leben lebst und nicht einfach vor dich hinlebst, hatte sie ihm damals gesagt. Es war ihm schwergefallen, sich von den gewohnten Abläufen zu trennen und den gut bezahlten Manager-Posten aufzugeben. Doch er hatte es gewagt und ihren gemeinsamen Traum verwirklicht. Und heute? Das Angebot von Juan Puyol könnte eine Chance sein, sein Geschäft und damit seinen Gewinn deutlich auszubauen.

Bisher lief die Ferienvermietung ganz ordentlich und mit ihrem Olivenöl machten sie immerhin einen kleinen Gewinn. Doch manchmal fehlte ihm das stressige Leben von früher tatsächlich ein wenig.

Und mehr Geld hieß natürlich auch mehr Sicherheit. Wenngleich er ziemlich gut vorgesorgt hatte und nicht unbedingt auf das Geld aus der Finca oder von irgendwelchen neuen Geschäftsideen angewiesen war.

Er holte tief Luft. Ihm war klar, dass eine Zusammenarbeit mit Herrn Puyol eine große Gelegenheit, aber gleichzeitig auch ein Schritt weg von seinem jetzigen Leben, zurück in sein altes Leben war.

Was Anna wohl dazu sagen würde? Er seufzte. Er wünschte, sie wäre jetzt bei ihm.

„Guten Morgen, Papa.“ Emilias Stimme riss

ihn aus seinen Gedanken.

Überrascht drehte er sich zu seiner Tochter um, die trotz der frühen Uhrzeit schon wach und lautlos aus dem Haupthaus auf die Terrasse gekommen war.

„Was machst du denn schon so früh hier?“, fragte er sie. Es war gerade einmal 07:00 Uhr und Emilia hatte heute eigentlich frei.

„Ich konnte nicht schlafen“, antwortete sie und lächelte ihn traurig an.

Da war sie wieder. Diese melancholische Traurigkeit, die ihn in den letzten Tagen so sehr umhergetrieben und von der er gedacht hatte, dass sie verschwunden war.

Alexander schaute seine Tochter liebevoll an. Er würde sie nicht nach dem Grund fragen. Wenn sie bereit war, würde sie es ihm schon erzählen.

„Ich konnte auch nicht mehr schlafen“, war das Einzige, was er sagte. Von dem Angebot des Winzers hatte er Emilia gestern noch erzählt.

„Papa“, begann seine Tochter, nachdem sie

einen Moment lang schweigend neben ihm gestanden hatte, „ich will wieder zurück nach Deutschland und mein Studium beenden."

Verdutzt schaute er seine Tochter an. War dies etwa die Sache, die Emilia so schwer auf der Seele gelegen hatte? Ihr Studium zu beenden war doch eine gute Sache?

„Und warum bist du dann so traurig?", fragte er. Er konnte ihr die Traurigkeit deutlich ansehen.

„Weil ich dich dann verlassen müsste und das Gefühl hätte, ich würde Mama und dich verraten." Sie schluckte. Der Gedanke trieb ihr Tränen in die Augen.

Alexander legte die Stirn in Falten. „Warum solltest du uns verraten?"

„Weil es euer Traum ist, auf Mallorca zu leben."

Alexander lächelte. Das war also der Grund für ihre Traurigkeit. Sie hatte Angst, ihn und ihre verstorbene Mutter zu enttäuschen. Diesen Gedanken hatte er schon nach seinem Gespräch mit Lisa gehabt, doch nach dem Gespräch mit Herrn Puyol kurzzeitig vergessen.

„Du hast recht“, sagte er, fasste seine Tochter bei den Schultern und schaute sie verständnisvoll an. „Es ist unser Traum. Nicht deiner.“

Emilia sah in verwirrt an.

„Natürlich freue ich mich, dass du nach Mallorca gekommen bist und wir uns wieder so gut verstehen, aber Mama und mir war immer klar, dass unser Traum nicht unbedingt dein Traum ist. Du hast dein eigenes Leben, deine eigenen Träume und deinen eigenen Weg, den du gehen musst. Das war uns immer klar.“

Emilia liefen Tränen über die Wangen, während sie vor Freude schluchzte.

„Ich bin froh, wenn du weißt, was du willst und wenn ich dir vielleicht dabei helfen kann, deine Träume zu verwirklichen. Aber du musst doch nicht meinetwegen oder wegen Mama hierbleiben. Ich will nur, dass du glücklich bist. Egal, wo das ist. Und Mama hätte ganz sicher das Gleiche gewollt.“

Emilia umarmte ihn stumm und er erwiderte die Umarmung. Sie würde immer sein kleines Mädchen bleiben, egal wie alt sie war. Und wenn sein kleines Mädchen ihn drückte, war er glücklich.

„Ich habe dich lieb, Papa“, flüsterte seine Tochter, die immer noch eine tränenerstickte Stimme hatte.

„Ich habe dich auch lieb, mein Schatz“, antwortete er. Nun da Emilia endlich mit der Sprache rausgerückt war, war ihm, als wäre ihm eine tonnenschwere Last von den Schultern genommen worden.

„Guten Morgen zusammen, ihr seid aber früh wach.“ Stella betrat die Terrasse. Gut gelaunt schaute sie die beiden an und begann den Poolbereich für den Tag vorzubereiten. „Ramon hat mir von dem Angebot von Herrn Puyol erzählt“, sagte sie, während sie die Polster für die schönen Holzliegen hervorholte.

Alexander schaute zu seiner Tochter, die ihn dankbar anlächelte und mit einem unmerklichen

Kopfnicken andeutete, dass alles besprochen war.

„Das war in der Tat ein gleichsam überraschendes wie interessantes Angebot“, antwortete er.

„Und hast du schon darüber nachgedacht? Das würde jede Menge Arbeit bedeuten.“

Er grinste. So einfach und vielleicht auch naiv Stella äußerlich manchmal wirkte, war sie in Wahrheit sehr intelligent, scharfsinnig und hatte ein gutes Gespür fürs Geschäft. Das war ihm bereits einige Male aufgefallen.

„Das denke ich auch“, sagte er. „Und ich muss zugeben, dass ich mir nicht sicher bin, ob ich das will. Zumindest im Moment.“

Stella nickte stumm, während sie die Tische auf der Terrasse abwischte.

„Was hält Ramon denn von dem Angebot?“

Nun hielt Stella einen Moment inne und schaute ihn nachdenklich an.

„Das fragst du ihn am besten selbst. Aber ich denke, er hat eine ähnliche Meinung, wie du.“

Alexander wartete ab, ob Stella noch weitersprechen würde, doch die Frau seines Gutsverwalters wandte sich wieder ihrer Arbeit zu.

Er schaute ihr noch einen Augenblick lang zu, dann drehte er sich um und ging ins Haus. Er würde mit Ramon sprechen. Auch wenn dieser offiziell nur sein Angestellter war, war er in Wahrheit viel mehr. Er war seine rechte Hand, manchmal so etwas wie sein Gewissen und vor allem ein guter Freund. Wie auch immer er sich entscheiden würde, er würde es mit Ramon zusammen entscheiden.

***

„Der Laden gehört einem gewissen Daniel Raya, einem Geschäftsmann aus Campos." Paolo schaute ihn zufrieden an.

Nachdem Paolo ihm gestern am Telefon mitgeteilt hatte, dass er keine Daten im Computer finden könnte und es etwas dauern würde, da er die Informationen anderweitig beschaffen müsste, hatten sie die Observation von Herrn Morata wohl oder übel ohne neue Erkenntnisse fortgesetzt.

Alejandro Morata war nach ungefähr einer halben Stunde aus dem Geschäft gekommen und wieder nach Hause gefahren. Das Haus hatte er bis zum späten Nachmittag nicht mehr verlassen und als schließlich Paolo angerufen und ihm gesagt hatte, dass er die Informationen erst am nächsten Tag bekommen würde, hatten sie beschlossen, die Operation abzubrechen.

Tom war dann zurück ins Hotel gefahren und er ins Café Mercado, wo seine Hilfe sehnlichst erwartet worden war. Das Restaurant war wieder einmal bis auf den letzten Platz gefüllt und sein Koch Esteban hatte alle Hände voll zu tun, die unzähligen Bestellungen abzuarbeiten.

Als schließlich der letzte Gast gegangen war, hatte er sich mit Esteban und Gabriel noch kurz auf den Marktplatz von Llucmajor gesetzt und den lauen Sommerabend bei einem Glas Bier ausklingen lassen.

Am Morgen war er früh aufgestanden und vor dem Frühstück ein paar Bahnen im Pool geschwommen, bevor er sich mit Tom auf dem Polizeirevier in Palma getroffen hatte. Auf dem Weg hatte er mit Fernando telefoniert und ihn auf den neusten Stand gebracht.

Der Chefinspektor hatte beschlossen, dass er nach dem Wochenende auch wieder in die Ermittlungen einsteigen würde. Die Möglichkeit, dass neben dem Mord eventuell auch ein Lebensmittelskandal aufgedeckt werden könnte, machten den Fall einfach zu wichtig, als dass er untätig zu Hause rumsitzen könnte.

„Und was hast du sonst noch herausgefunden?“, fragte er Paolo.

„Daniel Raya hat insgesamt zwei Geschäfte für Telekommunikation und bietet auf seiner Website neben klassischen Produkten wie Festnetz- und Mobilfunkverträgen auch einen Installationsservice sowie Reparaturen von defekten Handys an. Das eine Geschäft liegt in

Campos, das andere in Llucmajor."

Carlos zog überrascht die Augenbrauen hoch. Das Geschäft von Herrn Raya in Llucmajor war ihm bis gerade nicht bekannt gewesen, obwohl er der Meinung war, dass er sich in dem Ort eigentlich ziemlich gut auskannte. Er würde später einmal Gabriel und Esteban fragen. Vielleicht kannten sie den Laden und zufälligerweise auch dessen Besitzer.

„Herr Morata ist einer von insgesamt drei Angestellten, die Herr Raya hat." Paolo machte eine kurze Pause, doch an seinem Gesichtsausdruck konnte Carlos erkennen, dass er noch nicht fertig war.

„Wir haben auch die Handydaten und die Konten von Alejandro Morata und Daniel Raya überprüft", fuhr Paolo fort.

Nun wurde es interessant. Er war gespannt darauf zu erfahren, was der junge Inspektor herausgefunden hatte.

„Die beiden telefonieren ziemlich häufig miteinander und es gab größere Bewegungen auf beiden Konten. Herr Raya hat mehrere tausend Euro an Alejandro Morata überwiesen, allerdings darauf geachtet, dass die Beträge immer unter der Grenze waren, die die Banken im Rahmen der Geldwäschegesetze melden müssen. Auf dem Konto von Herrn Raya wiederum gab es diverse größere Geldeingänge, die wir derzeit noch auf ihre Herkunft prüfen."

Wieder machte Paolo eine Pause und ein zufriedenes Grinsen trat in sein Gesicht.

„Eine Sache ist jedoch merkwürdig. Herr Raya hat diese Nummer in den letzten Tagen ziemlich häufig angerufen." Er holte eine Verbindungsübersicht hervor und reichte sie ihm.

Eine Nummer war farblich markiert.

„Er hat diverse Male mit einer gewissen Petra Zimmermann telefoniert."

Carlos hatte gerade einen Schluck Kaffee getrunken und sich fast verschluckt, als er vor Überraschung husten musste.

„Mit Petra Zimmermann?", wiederholte er ungläubig.

Paolo nickte, während Carlos ungläubig den Kopf schüttelte. Was hatte die Tierschützerin denn mit der Sache zu tun? Steckte sie mit Daniel Raya und Alejandro Morata unter einer Decke? Und was hatte das alles mit dem Tod von Emanuel Borrel zu tun?

Seine Gedanken überschlugen sich.

„Carlos?“, Toms Stimme holte ihn in die Wirklichkeit zurück. „Alles in Ordnung? Du hast gerade so ausdruckslos vor dich hingestarrt.“

„Ich versuche gerade nur das Puzzle zusammenzusetzen“, antwortete er gedankenverloren, „aber es sind irgendwie zu viele Teile, die nicht zusammenpassen.“

Er schaute Tom an. „Lass uns einen Kaffee trinken gehen. Ich muss mich und meine Gedanken ein wenig sortieren.“

Sie standen auf und verließen Carlos‘ Schreibtisch im Großraumbüro in Richtung Aufzug. Bevor sie den Raum verließen, drehte sich Carlos noch einmal zu Paolo um.

„Wenn du rausgefunden hast, von wem die

Geldeingänge auf Herrn Rayas Konto stammen, gibst du mir bitte direkt Bescheid."

„Selbstverständlich, Herr Kommissar", erwiderte der ehrgeizige Inspektor.

Carlos musste ein Grinsen unterdrücken. Es amüsierte ihn, dass Paolo ihn Herr Kommissar nannte, obwohl er eigentlich keine offizielle Stellung bei der Polizei hatte. Für Paolo und viele andere junge Kollegen war er der Kommissar aus Deutschland. Und so langsam gewöhnte er sich an den Respekt, den sie ihm entgegenbrachten. Das machte viele Dinge einfacher.

Fünf Minuten später schlenderten Tom und er durch die Gassen von Palma. Selbst nach vielen Jahren auf Mallorca übte die Stadt eine Faszination auf ihn aus, die nur schwer in Worte zu fassen war. Das Meer auf der einen Seite und eine der schönsten Altstädte Europas auf der anderen Seite waren eine Mischung, die einfach unbeschreiblich war. Von vielen Stellen aus konnte man das tiefblaue Meer in der Ferne funkeln sehen und den salzigen Geruch des Meerwassers in der Luft schmecken.

Dazu kam die alles überragende Kathedrale, die von weither sichtbar war und Reisende, Touristen sowie Einheimische gleichermaßen begrüßte.

„Wohin gehen wir?“, fragte Tom, der bisher schweigend neben ihm gegangen war und ebenfalls die Atmosphäre der Stadt in sich aufgesogen hatte.

„Zur Plaza de Santa Eulàlia?“, schlug er vor. Er liebte den kleinen Platz in der Nähe des Rathauses, an dem man trotz der vielen Touristen immer das Gefühl hatte, dem Trubel ein wenig entkommen zu können.

„Sehr gerne“, entgegnete Tom. „Vielleicht kommen wir bei einem Cortado auf andere Gedanken.“ Er zwinkerte ihm gut gelaunt zu. Dabei hatte er einmal mehr sein spitzbübisches Grinsen aufgesetzt.

Nach ein paar Minuten hatten sie den Platz vor der gleichnamigen Kirche erreicht und setzten sich in eines der Cafés im Schatten eines großen Baumes.

„Wie läuft es im Hotel?“, fragte Carlos, der der Meinung war, dass er sich etwas ablenken musste. Aus der jahrelangen Erfahrung als Kriminalhauptkommissar in Deutschland hatte er gelernt, dass es manchmal sinnvoller war, sich mit anderen Dingen zu beschäftigen als mit einem Fall, in dem man nicht weiterkam oder in dem man die verschiedenen Puzzleteile einfach nicht ineinander bekam. Manchmal kam die Lösung dann von ganz allein.

„Es läuft viel besser als gedacht. Lisa hat alles so gut im Griff, dass ich mir manchmal fast ein wenig überflüssig vorkomme“, antwortete Tom. „Ich glaube, es ist Zeit, unser nächstes Projekt anzugehen.“

Carlos schaute seinen Freund überrascht an. „Ein neues Projekt?“

Die Aussage von Tom kam für ihn völlig unerwartet, hatte er doch immer gesagt, dass er auf Mallorca sesshaft werden und sich mehr Zeit für sich selbst nehmen wollte, wenn das Hotel erst einmal lief.

„Unsere Hochzeit“, erläuterte der Fernsehkoch und hatte dabei schon wieder dieses freche Grinsen im Gesicht.

Obwohl er selbstverständlich wusste, dass Lisa und Tom verlobt waren und es folglich irgendwann eine Hochzeit geben würde, war Carlos dennoch überrascht. Tom hatte bisher noch nie darüber gesprochen und er war daher davon ausgegangen, dass die Hochzeit erst in ein paar Jahren stattfinden würde.

„Wir hatten ausgemacht, dass wir warten, bis das Hotel läuft“, führte Tom weiter aus, „und da es jetzt so weit ist, können wir die Hochzeit planen. Wir haben schon öfters darüber gesprochen und sind uns einig, dass wir eine relativ kleine und private Hochzeit haben wollen. Aber unsere besten Freunde werden wir natürlich einladen. Und es wird ordentlich gefeiert. Nur wann und wo, haben wir uns noch nicht überlegt. Doch nun, wo das Hotel so gut angelaufen ist, werde ich Lisa fragen, ob wir die Planung nicht angehen wollen. Ideen hätte ich genug."

Carlos hatte seinem Freund aufmerksam zugehört. Ihm gefiel der Gedanke, dass die beiden heiraten würden. Und gegen eine ordentliche Party hatte er ebenfalls nichts einzuwenden.

Sie tranken jeder ein Bier und aßen ein paar Schinken-Kroketten. Dabei saßen sie schweigend nebeneinander und hingen ihren Gedanken hinterher. Während Tom sich die ersten Hochzeits-Locations überlegte, schaute Carlos den vorbeiziehenden Touristen zu.

Dabei dachte er an Petra Zimmermann. Die Tierschützerin hatte so einen netten Eindruck gemacht. War sie wirklich in die Sache involviert? Und was hatte es mit dem Anilin auf sich? Gab es wirklich einen neuen Lebensmittelskandal? Dieses Mal war es gut, dass Fernando sich nicht hatte abhalten lassen, nach dem Wochenende zurückzukehren.

Er müsste alle Hinweise und Erkenntnisse mit

ihm besprechen und dann entscheiden, was zu tun war. Und bis dahin würde er seine Gedanken ordnen. Er hatte das Gefühl, dass sie kurz davor standen, den Mordfall zu lösen.

„Die Kanister waren alle gefüllt.“ Toms Stimme riss ihn aus seinen Gedanken.

„Was hast du gesagt?“, fragte er.

„Ich habe gesagt, dass die Kanister alle gefüllt waren“, wiederholte Tom. „Was immer die Gauner damit vorhatten, sie haben es noch nicht gemacht.“

„Oder sie haben es nicht noch einmal gemacht“, widersprach Carlos sanft. „Es kann sein, dass dies schon die zweite oder dritte Lieferung war. Vielleicht ist hier schon länger etwas im Gange.“ Er kratzte sich nachdenklich am Kinn. Aber eventuell hatte Tom auch recht. Dann hatten sie unter Umständen Schlimmeres verhindert.

Plötzlich kam ihm ein Gedanke. Er zückte sein Telefon und wählte eine Nummer.

„Wen rufst du an?“, wollte Tom wissen.

„Iker Delgado", antwortete er knapp, während er darauf wartete, dass der Gerichtsmediziner ans Telefon ging.

Nach einigen Augenblicken ertönte ein gut gelauntes *Hola* am anderen Ende der Leitung.

„Hola, Iker", begrüßte er den Mediziner, mit dem er ein freundschaftliches Verhältnis pflegte. „Kannst du mir sagen, was man mit Anilin machen könnte?"

Am anderen Ende der Leitung erklang ein lang gezogener Seufzer gefolgt von einem kurzen Lacher.

„Ich frage erst gar nicht, wofür du das wissen willst", begann Iker, „Anilin dient in der chemischen Industrie in erster Linie als Ausgangsstoff für die Synthese von Farben und Kunstfasern, aber auch zur Herstellung von Kautschuk und Medikamenten. Es ist aber auch ein starkes Blut- und Nervengift und kann durch Einatmen der Dämpfe oder direkt durch die Haut vom Körper aufgenommen werden. Bei leichten Vergiftungen kommt es zur Blaufärbung der

Lippen, Nase, Ohren und Fingernägel sowie zu Schwindelgefühl und Erregungszuständen. Es kann aber auch zum Tode führen. Da du mich so gezielt danach gefragt hast, gehe ich davon aus, du hast von dem Lebensmittelskandal Anfang der 80er Jahre gehört."

„Tatsächlich haben wir größere Mengen von Anilin auf einem Grundstück in Colonia de Sant Jordi gefunden und ich versuche herauszufinden, was diejenigen, die es dort platziert haben, damit vorgehabt haben könnten. Habt ihr zufällig ein paar Todesfälle, die mit Anilin in Verbindung stehen?"

Der Gerichtsmediziner schwieg einen Moment. Carlos wusste, dass er in diesem Augenblick sämtliche Fälle der letzten Zeit im Kopf durchging.

„So ad hoc fällt mir nichts ein", sagte er schließlich, fuhr jedoch, ohne auf eine Reaktion zu warten, fort: „Aber vielleicht wollten sie gar nichts damit herstellen. Vielleicht wollten sie es verstecken oder entsorgen. Hast du schon einmal darüber nachgedacht? Die Entsorgung solcher Giftstoffe kann ziemlich teuer sein. Wenn man Kosten sparen will, könnte die illegale Entsorgung eine günstige Alternative sein."

Carlos überlegte einen Moment. Diese Möglichkeit hatte er bisher noch gar nicht in Betracht gezogen. Er hatte einmal einen Mordfall bearbeitet, bei dem das Opfer ein Angehöriger einer kriminellen Familie war, die Bauschutt illegal entsorgt und damit sehr viel Geld verdient hatte. Er hatte sich damals gewundert, wie viel Geld man mit der illegalen Entsorgung von solchen Stoffen machen konnte. Vielleicht lag hier ein ähnlich gelagerter Fall vor. Zumindest sollten sie dieser Theorie ebenfalls nachgehen.

„Das ist eine gute Idee", sagte er, „vielen Dank. Du warst mir wie immer eine große Hilfe."

„Sehr gerne", erwiderte der Gerichtsmediziner. „Wenn du den Fall gelöst hast, können wir uns ja nochmal zum Essen verabreden. Es gibt da ein kleines Restaurant in Port de Valldemossa, dass einen herrlichen Fisch zubereitet."

Nachdem er die Einladung angenommen und versichert hatte, dass er sich melden würde, sobald der Fall gelöst war, verabschiedete Carlos sich von dem Arzt und wandte sich Tom zu.

Sein Freund hatte das Telefongespräch schweigend mit angehört und teilweise verstanden, worüber die beiden gesprochen hatten. Trotzdem erklärte ihm Carlos noch einmal in aller Kürze die Theorie des Gerichtsmediziners. Der Fernsehkoch hörte mit wachsendem Interesse zu.

„Das ist natürlich eine spannende Theorie. Wenn das so ist, sind wir vielleicht einem riesigen Verbrechen auf der Spur."

Carlos nickte. Er müsste dringend mit Fernando sprechen. Der Chefinspektor würde sicherlich auch mit seinen Vorgesetzten reden wollen. Doch den morgigen Sonntag wollte er noch abwarten und in Ruhe über alles nachdenken. So viele vielversprechende Ansätze hatten sie selten gehabt. Die Motive reichten von Habgier über das Vertuschen eines Lebensmittelskandals bis hin zur Verschleierung der illegalen Entsorgung von Giftstoffen.

Alle drei Möglichkeiten waren jeweils ein gutes Motiv für einen Mord. Sie mussten nun nur noch herausfinden, welches Motiv dasjenige für den Mord gewesen war. Dann würden sie ganz sicher auch den Mörder finden.

„Wir sollten noch einmal mit dieser Frau Zimmermann sprechen“, schlug er schließlich vor. „Sie hängt da auf jeden Fall mit drin. Und ich will herausfinden, welche Rolle sie genau spielt.“

Tom hatte erwartungsgemäß keine Einwände und so tranken sie zum Abschluss noch einen Cortado und machten sich anschließend auf den Weg zum Polizeirevier, um von dort nach Colonia de Sant Jordi zu fahren.

Während der Fahrt versuchte Carlos die Erkenntnisse der letzten Tage in eine logische Reihenfolge zu bringen.

Emanuel Borrel hatte sich überraschend als vermögender Mann entpuppt. Alleiniger Erbe war dessen Sohn Pepe, der bisher kein stichfestes Alibi geliefert hatte und der das Geld seines Vaters offensichtlich gut gebrauchen konnte. Ein vermeintlich wertvolles Grundstück in Colonia de Sant Jordi hatte der Bruder des Opfers überschrieben bekommen, mit dem dieser viele Jahre lang Streit gehabt hatte. Und zuletzt erhielt die Tierschutzorganisation Tierhilfe Mallorca immerhin eine halbe Million Euro aus dem Erbe von Emanuel Borrel.

Vielleicht sollte er noch einmal mit Manuel Alonso reden und versuchen herauszufinden, welche Personen von dem jeweiligen Geldsegen gewusst haben könnten. Daraus könnten sich Hinweise ergeben, wer ein Motiv für den Mord gehabt haben könnte.

Aber zuallererst wollte er herausfinden, was Petra Zimmermann mit diesem Daniel Raya zu schaffen hatte und was es mit den blauen Kanistern auf sich hatte.

Von Palma aus fuhren sie zuerst die Flughafenautobahn in Richtung Llucmajor und von dort weiter die Landstraße über Campos bis nach Colonia de Sant Jordi.

Nachdem sie den Großraum Palma hinter sich gelassen hatten, veränderte sich die Landschaft. Die massenhaft neben der Autobahn aufgestellten Werbeschilder wurden rarer und wichen einer zunehmend naturbelassenen Landschaft. Olivenhaine, Mandelbäume und verwunschene Fincas, umgeben von wunderschönen Natursteinmauern, säumten die Straße und verschafften einen ersten Eindruck von dem anderen Mallorca, abseits des Massentourismus.

Nach ungefähr fünfzig Minuten hatten sie die Finca von Frau Zimmermann erreicht. Als die Tierschützerin, die im Hof stand und einen Esel fütterte, sie erblickte, winkte sie ihnen freundlich zu. Nichts deutete darauf hin, dass sie mit Daniel Raya und Alejandro Morata unter einer Decke steckte.

Carlos hatte sich eine Strategie überlegt. Es erschien ihm am besten, wenn er sie direkt auf ihre Verbindung zu Daniel Raya ansprechen würde. Entweder er überrumpelte sie damit und sie würde sich vielleicht zu einem Geständnis oder einer unüberlegten Äußerung hinreißen lassen oder es gab eine logische Erklärung für die häufigen Telefonate.

„Guten Tag Herr Nuñoz, guten Tag Herr Himmelreich“, begrüßte Frau Zimmermann sie, „was verschafft mir die Ehre Ihres erneuten Besuches?“

„Es gibt etwas, das Sie uns erklären müssten“, begann Carlos in einem bewusst kühlen Tonfall. „Sie haben diverse Male mit einem gewissen Daniel Raya telefoniert.“

Er machte eine kurze Pause und beobachtete die Reaktion der Tierschützerin. Und tatsächlich zuckten ihre Mundwinkel für den Bruchteil einer Sekunde nach oben und ihr Gesichtsausdruck verriet eine gewisse Panik. Doch so schnell die Reaktion gekommen war, so schnell war sie auch wieder verschwunden und Frau Zimmermann hatte sich wieder unter Kontrolle.

„Ach ja, der liebe Daniel“, sagte sie und versuchte dabei so beiläufig wie möglich zu klingen. „Er ist ein ganz lieber Kerl und hilft mir manchmal hier auf dem Hof. Wieso fragen Sie?“

„Er wird verdächtigt, Giftstoffe illegal auf dem Grundstück von Emanuel Borrel zu lagern“, antwortete Carlos mit eiskalter Stimme. „Können Sie uns irgendetwas dazu sagen?“ Mit dieser Äußerung hatte er alles auf eine Karte gesetzt. Bisher hatten sie nichts gegen Daniel Raya oder Alejandro Morata in der Hand. Wenn Frau Zimmermann nicht auf diese Finte hereinfiel, könnte sie die beiden warnen und es wäre deutlich schwerer, Beweise dafür zu finden, dass diese etwas mit den blauen Kanistern und dem Anilin zu tun hatten.

„Ich, aber wieso …“ Frau Zimmermann wirkte verwirrt, vielleicht auch ein bisschen ängstlich und er hatte die Hoffnung, dass sie tatsächlich unter dem Druck seiner Fragen zusammenbrechen würde.

Doch plötzlich veränderte sich ihr

Gesichtsausdruck. Sie schaute ihn an, als wäre sie gerade aus einem Traum aufgewacht und hätte ein wenig Zeit benötigt, um sich zu orientieren. Dann trat ein Lächeln in ihr Gesicht.

„Tut mir leid, ich habe keine Ahnung, wovon Sie sprechen. Vielleicht fragen Sie den lieben Daniel lieber selbst. Sie haben doch sicher Beweise dafür, dass er etwas damit zu tun hat."

Ihre Stimme klang zuckersüß, doch ihr Lächeln hatte etwas Aufgesetztes und Diabolisches. Der kurze Augenblick der Unsicherheit war verflogen. Sie fixierte ihn mit ihrem Blick und band sich dabei in aller Seelenruhe ihre dunkelblonden Haare zu einem Pferdeschwanz zusammen.

Am liebsten hätte er die Deutsche gepackt und wild durchgeschüttelt, bis sie mit der Sprache herausgerückt hätte. Doch er wusste, dass dies die Sache verschlimmern würde. Und er war Profi genug, um zu wissen, wann er verloren hatte. Gerade wollte er etwas sagen, als Tom ihm zuvorkam.

„Es gibt nicht viele Leute auf der Insel, die einhundert blaue Kanister kaufen“, sagte er. „Die Spurensicherung hat schon sämtliche Baumärkte angefragt. Es ist nur noch eine Frage der Zeit, bis wir die Beweise gegen ihn in der Hand haben.“

Der berühmte Fernsehkoch lächelte charmant, wie eh und je und sprach betont harmlos, doch seine Worte erzielten eine Wirkung, die Carlos nicht für möglich gehalten hätte.

Das arrogante Lächeln verschwand aus dem Gesicht der Tierschützerin und machte einem finsteren Blick Platz, der jedoch nur von kurzer Dauer war.

Mit einem Mal schaute sie traurig und melancholisch aus.

„Ich wollte doch immer nur den armen Tieren helfen“, begann sie mit tonloser Stimme. Carlos schaute sie stumm an. Zum einen war er gespannt darauf, was sie ihnen erzählen würde und zum anderen war er immer noch perplex, dass Toms Trick tatsächlich funktioniert hatte.

„Ich habe doch nur versucht, etwas Geld für die

Tiere zu verdienen. Der Hof verschlingt Unsummen und die Spendengelder halten sich in Grenzen."

Tom und Carlos tauschten unauffällig ein paar Blicke. Wenn sie gewusst hätte, dass ihre Organisation einmal 500.000 Euro erben würde, hätte sie vielleicht versucht, ehrlich zu bleiben.

„Und Emanuel hat immer von dem Grundstück erzählt", fuhr die Tierschützerin fort. Mittlerweile liefen dicke Tränen ihre Wangen hinab. „Es wäre ein so schönes und versteckt liegendes Grundstück. Er hat so oft davon geschwärmt, bis ich es mir einmal angeschaut habe." Sie beleckte sich nervös die Lippen. Ihre Traurigkeit war nicht zu übersehen.

„Es ist ein wirklich schönes Grundstück. Zu dieser Zeit habe ich mich mit Daniel angefreundet. Er war so nett zu mir und hat mir des Öfteren auf dem Hof geholfen."

Carlos bemerkte eine Veränderung in der Stimme von Frau Zimmermann, wenn sie über Herrn Raya sprach. Offenbar war er mehr als nur ein Freund. Zumindest für sie.

„Eines Tages hat er mich gefragt, ob er ein paar Sachen bei mir lagern könnte, wenn er mir dafür eine großzügige Aufwandsentschädigung zahlen würde.“

So langsam begriff Carlos, was geschehen war. Doch er unterbrach Frau Zimmermann nicht, sondern hörte geduldig weiter zu.

„Ich habe ihm gesagt, dass ich ein Grundstück wüsste, wo er sein Zeug lagern könnte. Ich hatte keine Ahnung, was genau er überhaupt lagern wollte. Ich wusste doch nicht, dass es irgendwelche Giftstoffe sein würden.“

„Was hat Herr Raya mit dem Anilin vorgehabt?“, fragte Carlos.

Die Tierschützerin zuckte hilflos mit den Schultern. „Er mir nie gesagt, was genau er auf dem Grundstück lagert. Er hat nur gesagt, es müsste so lange aufbewahrt werden, bis es abgeholt werden würde. Ich habe das nie hinterfragt.“

„Und dann ist Emanuel Borrel

dahintergekommen, dass auf seinem Grundstück illegal Giftstoffe gelagert werden und musste sterben", schlussfolgerte Carlos.

Frau Zimmermann schaute ihn entsetzt an. „Natürlich nicht. Mit seinem Tod haben weder ich noch Daniel etwas zu tun."

Tom und Carlos schauten sich an. Die Entrüstung der Tierschützerin war nicht gespielt. Der Vorwurf, sie hätte etwas mit dem Tod von Herrn Borrel zu tun, hatte sie wirklich schockiert. Aber das bedeutete nicht, dass Daniel Raya und Alejandro Morata nichts damit zu tun hatten. Schließlich waren die beide es gewesen, die das Anilin auf dem Grundstück von Herrn Borrel gelagert hatten. Was also lag näher, als dass die beiden den Olivenbauern aus dem Weg geräumt hatten, als dieser hinter ihre kriminellen Machenschaften gekommen war. Wenn er überhaupt dahintergekommen war.

„Was ist denn passiert?", fragte er Frau Zimmermann. „Wie ist Herr Borrel Ihnen auf die Schliche gekommen?"

„Wieso glauben Sie, dass er etwas bemerkt hat?“, antwortete Frau Zimmermann.

„Hören Sie“, erwiderte Carlos ein wenig ungehalten. Er hatte genug davon, dass die Tierschützerin sich dumm stellte. „Ihre Freunde und Sie lagern Giftstoffe auf dem Grundstück von Emanuel Borrel. Und dann wird dieser erschlagen. Glauben Sie wirklich, dass dies in keinem Zusammenhang steht? Wollen Sie uns für dumm verkaufen?“ Sein Puls schoss in die Höhe und er bemerkte, wie Wut in ihm emporstieg.

Da spürte er plötzlich die Hand von Tom auf seiner Schulter. Sein Freund schaute ihn beruhigend und gleichzeitig mahnend an. Der Koch hatte ihn in den letzten Jahren häufig begleitet. Dabei hatte Carlos ihm immer wieder gesagt, dass man sich bei Ermittlungen nicht von seinen Gefühlen leiten lassen durfte. Das verklärte einem die Sicht und man zog eventuell voreilige oder falsche Schlussfolgerungen. Und nun hatte er selbst die Kontrolle über seine

Gefühle verloren. Ein Anfängerfehler.

Er bemerkte, wie sich sein Herzschlag unter dem sanften Blick seines Freundes langsam wieder beruhigte und die aufkommende Wut den Rückzug antrat.

„Wissen Sie, wo sich Daniel Raya derzeit aufhält?“, fragte er mit besonnener Stimme.

„Ich glaube, in seinem Geschäft in Campos“, antwortete Frau Zimmermann hilflos.

Carlos nickte. Er zückte sein Handy und rief Paolo an. Dabei entfernte er sich von Frau Zimmermann, damit diese das Gespräch nicht mit anhörte und gab Tom mit einem Blick zu verstehen, dass er auf die Tierschützerin aufpassen sollte.

Als der junge Inspektor das Gespräch annahm, schilderte Carlos ihm die Situation und wies ihn an, den Geschäftsmann auf das Polizeirevier bringen zu lassen. Zudem sollte ein Streifenwagen vorbeikommen und Frau Zimmermann auf das Revier bringen, um deren Aussage aufzunehmen. Mit ihrem Geständnis hätten sie genug in der Hand, um Herrn Raya ins Gefängnis zu bringen. Nur für den Mord brauchten sie noch Beweise. Doch diese würden sie noch bekommen, da war er sich sicher.

***

„Das war eine gute Idee“, sagte Alexander.

Er hatte mit Ramon über das Angebot von Herrn Puyol gesprochen. Überraschenderweise stand der Gutsverwalter der Idee weit weniger ablehnend gegenüber, als er vermutet hatte.

Ramon hatte ihm gesagt, dass das Angebot eine echte Gelegenheit sein könnte und auch für Stella, Santiago und ihn finanzielle Vorteile bringen könnte.

Er hatte daher angeregt, dass sie nach Palma fahren und das Geschäft von Herrn Puyol einmal anschauen sollten. Dann könnten sie sich mit dessen Geschmack und Vorstellungen vertraut machen und entscheiden, ob das Angebot überhaupt in Frage käme.

Nun standen sie in dem Geschäft der Familie Puyol in der Altstadt von Palma und schauten sich um. Schon beim Betreten des Ladenlokals fiel die harmonische Kombination aus traditioneller und moderner Einrichtung ins Auge.

Die Wände waren mit Natursteinen, einem charakteristischen Merkmal der traditionellen mallorquinischen Architektur, verkleidet. Diese robuste Basis wurde durch große, rustikale Holzbalken an der Decke ergänzt, die dem Raum eine warme und einladende Atmosphäre verliehen. An den Wänden hingen kunstvoll gestaltete Regale aus dunklem Holz, auf denen sorgfältig sortierte Weinflaschen ausgestellt waren.

Im Kontrast dazu standen moderne Akzente wie elegante Vitrinen und stilvolle LED-Beleuchtung, die gezielt eingesetzt wurde, um die hochwertigen Produkte ins rechte Licht zu rücken. Die Vitrinen präsentierten eine Auswahl an regionalen Delikatessen wie verschiedene Sorten Olivenöl, eingelegte Oliven, getrocknete Tomaten, handgemachte Marmeladen und feinen Käse.

In der Mitte des Raumes befand sich ein großer Holztisch, auf dem Verkostungen stattfanden. Hier konnten interessierte Kunden verschiedene Weine probieren, begleitet von frischem Brot und kleinen Probierhäppchen der angebotenen Delikatessen. Um den Tisch herum standen moderne Barhocker, die zum Verweilen einluden.

Die Einrichtung wurde durch dekorative Elemente wie traditionelle mallorquinische Keramik, handgewebte Textilien und Kunstwerke lokaler Künstler abgerundet, die das kulturelle Erbe der Region widerspiegelten.

„Und, wie findest du das Geschäft?“, fragte Ramon. „Ich als Laie halte es für überaus gelungen.“

Alexander nickte. Die Einrichtung war dafür gemacht, den Kunden ein schönes Einkaufserlebnis zu bescheren. Nichts wirkte billig, nichts übertrieben pompös. Alles war auf den Punkt genau richtig angerichtet. Das konnte man auch an den vielen Kunden erkennen, die in den Laden strömten und sich interessiert umschauten. Interessanterweise waren es nicht nur Touristen, sondern auch Einheimische, die sich für die regionalen Produkte interessierten. Wenn man das Konzept mit den gleichen hochwertigen Produkten zu fairen Preisen auf weitere Filialen übertrug, könnte dies durchaus Erfolg haben.

Allerdings war das Konzept nicht alles, das wusste Alexander nur allzu gut. Man musste für jeden einzelnen Standort eine Analyse durchführen, ob sich die Eröffnung einer Filiale an dem jeweiligen Ort lohnen würde. Es brachte nichts, das schönste Geschäft in einem kleinen Dorf mit wenigen Einwohnern und ohne Touristen zu eröffnen. Vielmehr galt es, die richtigen Orte zu identifizieren, die ein ausreichend großes Einzugsgebiet hatten, sodass die jeweilige Filiale nicht nur die Miete und die

Personalkosten erwirtschaftete, sondern darüber hinaus einen ausreichenden Gewinn abwarf. Das war die eigentliche Kunst bei dem Aufbau eines Filialnetzes.

„Ich denke, man könnte das Konzept durchaus auf andere Orte übertragen“, sagte er, als ihm der fragende Blick von Ramon auffiel. „Das ist natürlich kein Selbstläufer und mit jeder Menge Arbeit verbunden, aber es könnte ein Erfolg werden.“

„Und auch die Verkaufszahlen unseres eigenen Olivenöls und Limoncellos erhöhen“, ergänzte Ramon mit einem schelmischen Lächeln.

„Stimmt“, pflichtete Alexander ihm bei. Das war ein nicht zu unterschätzender Nebeneffekt. Er war sich zwar immer noch nicht sicher, ob er mehr arbeiten und sein Geschäft ausbauen wollte, jedoch spürte er ein gewisses Kribbeln in sich. Da war etwas in ihm, das mehr wollte als das ruhige Leben, das er im Moment führte. Sein Ehrgeiz von früher war noch nicht verschwunden.

„Wir müssen uns noch einmal in Ruhe darüber unterhalten, wie wir die Mehrarbeit verteilen und vergüten wollen, danach können wir entscheiden, was wir machen.“

Ramon grinste. „Alles klar, Boss“, sagte er.

Auch in seinem Gutsverwalter brannte ein gewisses Feuer. Und das war eine der wichtigsten Eigenschaften, wenn man Erfolg haben wollte.

„Lass uns zurück zur Finca fahren und an der Limoncello-Produktion arbeiten“, schlug er vor, „bis wir ein marktreifes Produkt haben, wird es noch dauern. Und ich habe das unbestimmte Gefühl, dass Zeit demnächst unser knappstes Gut sein wird.“

***

„Guten Tag, Herr Raya. Mein Name ist Carlos Nuñoz und ich arbeite für die Nationalpolizei.“

Carlos hatte den Geschäftsmann einige Minuten in dem Verhörraum warten lassen und durch die verspiegelte Scheibe beobachtet, bevor er den Raum mit finsterer Miene betreten hatte.

Wie befohlen, hatte Paolo den Geschäftsmann auf das Revier bringen lassen. Tom und er hatten noch so lange auf der Finca von Frau Zimmermann gewartet, bis der Streifenwagen eingetroffen war und die Tierschützerin ebenfalls mit auf das Revier genommen hatte.

Gleichzeitig hatte er mit Fernando telefoniert. Dieser hatte aufgrund der neuen Erkenntnisse seinen Urlaub mit sofortiger Wirkung beendet und war nun auf dem Weg zum Polizeirevier. Er müsste jeden Augenblick ankommen und würde ihn dann beim Verhör unterstützen.

Carlos war wild entschlossen, den Mörder von Emanuel Borrel zu überführen. Er war sich zwar nicht sicher, ob Daniel Raya den Mord selbst begangen hatte oder ob er Alejandro Morata damit beauftragt hatte, doch das würde er hoffentlich bald herausfinden.

„Wissen Sie, warum Sie hier sind?“, begann er das Gespräch.

Der Geschäftsmann zuckte ahnungslos mit den Schultern. Für einen Spanier hatte er ungewöhnlich blonde Haare, einen ordentlich gestutzten Bart und dunkelgrüne Augen, die ihn mit unverhohlenem Misstrauen anschauten. Er trug ein blaues Leinenhemd, eine helle Hose und moderne Sandalen.

„Ich nehme an, Sie werden es mir gleich verraten", war das Einzige, was er sagte und dabei höhnisch grinste.

Carlos schaute ihm fest in die Augen. Selbstverständlich wusste er, warum er hier war. Er wusste, dass sie die Kanister mit dem Anilin gefunden hatten. Und wenn er nicht allzu dumm war, wusste er auch, dass sie ihn verdächtigten, den Giftstoff dort gelagert zu haben. Aber vielleicht war er davon überzeugt, dass sie keine Beweise hatten. Und damit hatte er im Grunde recht. Außer der Aussage von Frau Zimmermann, hatten sie keine handfesten Beweise. Also musste er ihn zu einem Geständnis bringen.

In diesem Augenblick ging die Tür auf oder besser gesagt, sie flog auf. Fernando betrat so energisch den Raum, dass man dachte, die Türe würde aus den Angeln gerissen werden.

„Hallo Carlos, kann ich dich einen Augenblick sprechen?", sagte sein Kumpel, ohne den Geschäftsmann auch nur eines Blickes zu würdigen.

Carlos war verwundert, kannte Fernando aber gut genug, um zu wissen, dass er ganz sicher seine Gründe hatte.

Also stand er auf und verließ mit dem Chefinspektor den Verhörraum, nicht allerdings ohne dem Geschäftsmann einen letzten finsteren Blick zuzuwerfen.

„Auf dem Weg zum Polizeirevier habe ich mit Paolo telefoniert", begann Fernando, als sie den Raum verlassen hatten. „Dieser hat die Kontodaten von Herrn Raya, Herrn Morata und Frau Zimmermann untersucht."

Carlos hörte aufmerksam zu. Er wusste zwar längst, dass Paolo die Kontodaten untersucht hatte, war sich aber sicher, dass Fernando ihn nicht nur deshalb aus dem Verhörraum geholt hatte.

„So wie es aussieht, hat Petra Zimmermann eine Art Miete an Emanuel Borrel gezahlt. Und zwar monatlich und mit dem Betreff *Grundstück*. Wenn wir also irgendwem etwas nachweisen können, dann lediglich der Tierschützerin. Wahrscheinlich hat Herr Raya ihr das Geld dann in bar zurückgegeben, um keine Spuren zu hinterlassen."

„Aber er ist die treibende Kraft hinter der Sache", protestierte Carlos, „da bin ich mir sicher. Und er wird auch den Mord begangen haben. Oder zumindest hat er diesen beauftragt."

Sein Freund nickte zustimmend. „Ich weiß, aber wir brauchen Beweise. Das weißt du besser als jeder andere."

Natürlich hatte Fernando recht. Wenn Herr Raya jegliche Beteiligung abstritt, stand sein Wort gegen das von Frau Zimmermann. Und wenn er, und vielleicht auch die Tierschützerin, einen guten Anwalt hatte, dann könnten sich ihre Beweise schnell als nicht ausreichend erweisen und die sicher geglaubte Verurteilung würde sich in Luft auflösen. Und das, obwohl er sich sicher war, dass Herr Raya nicht unbedingt der klügste Kopf war. Es musste doch Beweise geben, mit denen sie ihm die illegale Lagerung der Giftstoffe nachweisen konnten.

In diesem Augenblick betrat Paolo den Raum. Der junge Inspektor war außer Atem. Offensichtlich hatte er sich wieder völlig verausgabt, um so schnell wie möglich zu ihnen zu gelangen. Das bedeutete, er hatte wichtige Neuigkeiten.

Hoffentlich sind es gute Neuigkeiten, dachte Carlos.

„Hallo Chefinspektor, hallo Herr Kommissar“, begrüßte er die beiden keuchend. „Leider konnte ich keinen von Ihnen telefonisch erreichen. Also musste ich selbst vorbeikommen.“

„Paolo, was gibt es Wichtiges, dass du so außer Atem bist?“, fragte Fernando.

„Ich habe mir die Bilanzen von Herrn Raya angeschaut und seine Umsatzerlöse mit den Kontoeingängen abgeglichen“, antwortete Paolo. Bei diesen Worten schaute er sie an, als wären seine Worte allein die Erklärung für seine Aufregung.

„Er hat sehr hohe Umsätze für einen beziehungsweise zwei Telefonläden. Auffällig war, dass ein großer Teil seiner Umsätze Barzahlungen waren. Also habe ich bei den Telefongesellschaften angerufen und dort nachgefragt, wie viele Verträge und wie viel Hardware Herr Raya wohl verkauft.“

Carlos ahnte, welche Antworten Paolo wohl von den Telefongesellschaften bekommen hatte. Und auch Fernando nickte wissend.

„Die Telefongesellschaften waren glücklicherweise sehr hilfsbereit“, fuhr Paolo fort. „Sie haben mir mitgeteilt, dass Herr Raya kaum Umsätze mit seinen Läden macht. Zumindest, was den Verkauf von Telefonverträgen und Hardware angeht.“

„Also betreibt er Geldwäsche“, schlussfolgerte Fernando.

Paolo nickte. „Er zahlt die Gelder, die er für die illegale Lagerung und wahrscheinlich auch Entsorgung des Anilins bekommen hat, in bar auf sein Geschäftskonto und deklariert diese als Umsätze. Anschließend überweist er das Geld auf sein Privatkonto und kann dann von dort ganz legal Geld abheben oder Zahlungen vornehmen. Ein klassischer Fall von Geldwäsche.“

Carlos überlegte. Zusammen mit der Aussage von Frau Zimmermann könnte das für eine Verurteilung ausreichen. Nur für den Mord fehlten ihnen immer noch stichhaltige Beweise. Und auch wenn er für die illegale Lagerung des Anilins sicherlich ins Gefängnis kommen würde, sollte der Mord an Emanuel Borrel nicht ungesühnt bleiben.

„Wie gehen wir vor?“, fragte ihn Fernando. „Konfrontieren wir ihn mit den Beweisen und versuchen dann ein Geständnis für den Mord aus ihm herauszupressen?“

Carlos zuckte mit den Achseln. „Was anderes wird uns wohl nicht übrigbleiben. Oder hast du eine bessere Idee?“

Fernando schaute ihn ratlos an. Carlos wusste, dass sein Freund genauso wenig wie er von der Idee angetan war, ohne Beweise ein Geständnis aus dem Geschäftsmann herauszupressen.

„Haben wir die Aussage von Frau Zimmermann schon aufgenommen?“, fragte er an Paolo gewandt.

„Wir sind gerade dabei“, antwortete dieser.

„Dann sollten wir es versuchen“, sagte er zu Fernando.

Sein Freund nickte, wenn auch ein wenig widerwillig.

Sie gingen zurück in den Verhörraum, wo Herr Raya saß und sich teilnahmslos auf die Fingernägel schaute.

„Herr Raya, mein Name ist Fernando Gonzalez, Chefinspektor bei der Nationalpolizei. Meinen Kollegen, Herrn Nuñoz kennen Sie ja bereits“, eröffnete Fernando das Gespräch.

Gelangweilt schaute der Geschäftsmann zwischen den beiden hin und her.

„Ihnen wird vorgeworfen, illegal Giftstoffe auf einem Grundstück in Colonia de Sant Jordi zu lagern und zu entsorgen. Möchten Sie uns dazu etwas sagen?“

Herr Raya lachte verächtlich. „Ich möchte mit meinem Anwalt sprechen. Es ist eine absolute Frechheit, wie Sie mit einem unschuldigen Bürger umspringen.“ Er offenbarte ein freches Grinsen, bei dem seine leuchtend weißen Zähne sichtbar wurden. Obwohl er ihm unsympathisch war, musste Carlos zugeben, dass Daniel Raya ein gutaussehender Mann war. Es verwunderte ihn nicht, dass Frau Zimmermann seinem Charme erlegen war.

„Hören Sie“, übernahm Carlos das Gespräch. „Wir haben die Aussage von Petra Zimmermann, dass Sie das Anilin auf dem Grundstück in Colonia de Sant Jordi gelagert haben. Zudem haben wir Beweise dafür, dass Sie Geldwäsche betrieben und die illegal erwirtschafteten Gelder aus der Entsorgung des Anilins auf ihr Geschäftskonto eingezahlt haben. Solche Umweltverbrechen sind kein Kavaliersdelikt. Und bei dem Thema Anilin sind die Behörden hier in Spanien besonders sensibel. Nicht einmal der beste Anwalt der Welt wird Ihnen da noch raushelfen können.“ Er sprach ruhig und sachlich. Carlos hatte gelernt, seine ablehnenden Gefühle gegenüber Verdächtigen nicht zu zeigen. Es war besser, wenn man so emotionslos wie möglich an solche Gespräche heranging. Zudem war ein sachlicher Ton wesentlich überzeugender, wenn man einem Verdächtigen weismachen wollte, dass man erdrückende Beweise gegen ihn in der Hand hatte.

Und seine Worte erzielten tatsächlich die gewünschte Wirkung. Der arrogante Gesichtsausdruck von Herrn Raya verschwand und machte einem unsicheren, leicht panischen Gesichtsausdruck Platz.

„Ich weiß nicht, wovon Sie reden“, sagte er,

klang dabei jedoch weniger selbstbewusst als noch einige Augenblickliche zuvor.

„Ich denke, Sie wissen genau, wovon ich rede“, erwiderte Carlos milde lächelnd.

„Und als Emanuel Borrel herausgefunden hat, was Sie auf seinem Grundstück treiben, musste er sterben, nicht wahr?“, mischte sich Fernando in das Gespräch ein.

Sein Tonfall klang bedrohlich und wütend, doch Carlos kannte seinen Freund. Dies war seine Art, einen Verdächtigen unter Druck zu setzen.

Doch falls Herr Raya etwas mit dem Mord zu tun hatte, ließ er sich dies nicht anmerken. Ganz im Gegenteil schaute er die beiden völlig entsetzt an.

„Hören Sie“, sagte und hob dabei unschuldig die Hände, „ich habe vielleicht ein paar krumme Geschäfte gemacht, aber ein Mörder bin ich deswegen noch lange nicht. Bis gerade wusste ich nicht einmal, dass Herr Borrel tot ist.“

Fernando und Carlos tauschten unauffällig ein

paar Blicke. Etwas stimmte nicht. Das Entsetzen in seinem Blick schien echt zu sein. Außerdem war es merkwürdig, dass er auf der einen Seite gestand, krumme Geschäfte zu machen, was Carlos für den Moment als Geständnis wertete, dass er das Anilin auf dem Grundstück gelagert hatte, auf der anderen Seite aber den Mord an Emanuel Borrel abstritt. Eigentlich hätte er erwartet, dass der Geschäftsmann beide Taten abstritt. Ansonsten wäre der Verdacht, er hätte etwas mit dem Mord zu tun, einfach zu naheliegend. War er tatsächlich so einfältig? Oder hatte er wirklich nichts mit dem Mord zu tun?

„Wenn Sie es nicht waren, wer sollte es sonst gewesen sein?“, fragte er ganz direkt. „Könnte Alejandro Morata etwas mit dem Mord zu tun haben? Wir wissen, dass er mit Ihnen unter einer Decke steckt.“

Señor Raya schüttelte energisch den Kopf. „Alejandro tut nichts, was ich ihm nicht gesagt habe.“

„Und was haben Sie ihm gesagt?“, bohrte Fernando nach. Sein Ton war messerscharf und in seinem Blick lag etwas Bedrohliches, was Herrn Raya unweigerlich zusammenzucken ließ.

„Ich habe ihm nichts gesagt“, stammelte der Geschäftsmann, „niemand von uns hat etwas mit dem Mord zu tun.“

Fernando wollte etwas erwidern, doch Carlos legte ihm die Hand auf die Schulter und gab ihm zu verstehen, dass sie sich unterhalten müssten.

Er wusste, dass sie hier nicht weiterkommen würden.

Kapitel VII

„Das Wasser ist herrlich“, sagte Maria und schaute ihn liebevoll an.

Nachdem sie gestern das Verhör beendet und beschlossen hatten, die Ermittlungen für diesen Tag einzustellen, war Carlos noch ins Café Mercado gefahren und hatte Esteban in der Küche geholfen. Die Arbeit im Restaurant brachte ihn immer auf andere Gedanken und half ihm, den Kopf freizubekommen.

Wie immer war ihr Restaurant gut besucht gewesen und sie hatten alle Hände voll zu tun gehabt. Maria hatte ebenfalls ausgeholfen und mit Gabriel den Service übernommen. Ihre Tochter war derweil bei Carlos‘ Schwiegermutter gewesen und hatte dort auch übernachtet, was sie zum Anlass genommen hatten, den Abend nach der Arbeit auf dem Marktplatz von Llucmajor ausklingen zu lassen.

Bis spät in die Nacht hatten sie auf dem Marktplatz gesessen und die angenehm warme

Sommerluft mit einem Glas Wein genossen.

Am Morgen waren sie dann in aller Frühe nach Can Picafort gefahren. Der beliebte Ferienort an der Nordküste Mallorcas lag etwa 60 Kilometer nordöstlich von Palma in der Region Santa Margalida und erstreckte sich entlang der Bucht von Alcúdia.

Der Ort war für seine entspannte Atmosphäre, seine touristische Infrastruktur und seine langen Sandstrände bekannt. Er hatte sich von einem kleinen Fischerdorf zu einem touristischen Hotspot entwickelt, wobei die traditionelle Atmosphäre in einigen Teilen des Ortes erhalten geblieben war.

Neben einer Vielzahl von Restaurants, Bars, Geschäften und Unterkünften, die auf unterschiedliche Budgets und Vorlieben abgestimmt waren, gab es auch einen hübschen Hafen, der einen großartigen Blick auf das Meer bot, sowie eine schöne Promenade, die ideal für Spaziergänge bei Sonnenuntergang war, was Maria und er auch schon so manches Mal gemacht hatten.

Westlich des Ortes erstreckte sich die Playa de Muro, die einer der längsten und schönsten Strände der Insel war. Sie war bekannt für ihren feinen, weißen Sand und das klare, türkisfarbene Wasser sowie den flach abfallenden Strand, der besonders für Familien mit kleinen Kindern attraktiv war.

Nun saßen Carlos und Maria auf ihren Strandtüchern im Sand und schauten entspannt aufs Meer.

„Das stimmt“, pflichtete Carlos ihr bei. „Und ich liebe das Rauschen des Meeres, das hier so intensiv erklingt, wie fast nirgendwo sonst auf der Insel.“

Dabei schloss er seine Augen und lauschte den sanft an den Strand rollenden Wellen, die dabei jedes Mal ein leises Rauschen erzeugten. Eine leichte Brise strich durch seine Haare und der Geschmack von Salz lag in der Luft.

„Wie sagte deine Mutter doch so schön?“, fragte Maria und riss ihn aus seinen Gedanken.

„Manchmal sind es die einfachen Dinge im Leben, die einen glücklich machen.“

Carlos lächelte. Die Erinnerung an seine verstorbene Mutter machte ihn zwar manchmal noch traurig, aber er hatte gelernt, damit umzugehen und sich an die schönen Zeiten zu erinnern, die sie zusammen verbracht hatten. Seitdem musste er häufig sogar lächeln, wenn er an sie dachte.

„Wenn doch alles so einfach wäre“, sagte er gedankenverloren.

„Meinst du den Mordfall?“, hakte Maria nach.

Carlos nickte. „Wir kommen einfach nicht weiter. Und unser Hauptverdächtiger streitet den Mord vehement ab. Wir müssen unbedingt einen Beweis finden.“

„Vielleicht habt ihr den schon“, erwiderte seine Frau.

„Was meinst du damit?“, fragte er und schaute sie irritiert an.

Doch Maria zuckte mit den Achseln. „Ich meine nur, ihr solltet alles nochmal von Anfang an durchgehen. Vielleicht habt ihr längst einen Beweis und seht nur den Wald vor lauter Bäumen nicht."

Er wollte etwas erwidern, als ihm plötzlich ein Gedanke kam.

„Du hast recht", sagte er. Dabei stand er auf und holte sein Telefon aus der Strandtasche. „Ich muss kurz telefonieren."

***

„Also machen wir es?", resümierte Alexander. Dabei schaute er zwischen Stella, Ramon und Emilia hin und her. Alle drei nickten entschlossen.

Nach ihrem Besuch in Palma waren Ramon und er zurück nach Inca gefahren. Dort hatten seine Tochter und Stella den kleinen Tisch aus dunklem Holz, um den eine Bank und insgesamt vier Stühle platziert waren, mit etwas zu essen gedeckt. Der Tisch stand im Schatten eines großen Olivenbaums neben der Finca und wurde im Normalfall einmal pro Woche für einen Grillabend mit den Gästen genutzt.

Heute standen zwei Karaffen mit kaltem Wasser und Zitronen sowie ein bisschen Brot mit Oliven, Aioli und eine in Scheiben geschnittene, herrlich duftende Salami auf dem Tisch.

Im Schatten des Olivenbaums hatten Alexander und Ramon von ihren Eindrücken aus dem Ladenlokal berichtet und eine Einschätzung über die zu erwartende Arbeit abgegeben.

Zu Alexanders Verwunderung waren nicht nur Stella und Ramon Feuer und Flamme für die Kooperation mit Herrn Puyol, sondern auch Emilia. Seine Tochter wirkte sowieso viel gelöster und fröhlicher, seit sie ihm gesagt hatte, dass sie gerne zurück nach Deutschland gehen wollte.

„Papa?“ Die Stimme seiner Tochter holte ihn in die Wirklichkeit zurück.

Verwirrt schaute er in die Runde und stellte fest, dass alle ihn anstarrten.

„Entschuldigung“, sagte er peinlich berührt,

„was hast du gerade gesagt?“

„Ich habe gesagt“, wiederholte Emilia milde lächelnd, „dass ich dir in den letzten Wochen und Monaten angesehen habe, dass du zwar zufrieden, aber auch ein wenig unterfordert bist. Von daher denke ich, dass ihr das machen solltet. Was die Finca und die Olivenernte angeht, bekommen Stella und Ramon das sehr gut allein hin. Dann kannst du dich hauptsächlich um Aufbau der Läden und den Vertrieb kümmern.“

Mit hochgezogenen Augenbrauen schaute Alexander seine Tochter an. Er war überrascht, dass sie bemerkt hatte, dass er zwar im Grunde zufrieden war, tief in sich drin jedoch nicht ausgelastet und sich nach mehr sehnte. Darüber hatte er bis heute mit niemanden gesprochen.

„Und ihr beide bekommt die Finca allein gestemmt?“, fragte er und schaute Stella und Ramon zweifelnd an.

„Ganz sicher“, antwortete Stella ohne zu zögern.

Auch Ramon nickte zuversichtlich. „Ohne

jeden Zweifel.“

Alexander dachte einen Moment lang nach. Schließlich holte er tief Luft und nickte dabei.

„Dann ist es entschieden. Wir werden mit der Familie Puyol zusammenarbeiten und expandieren. Ich werde morgen früh mit ihm telefonieren und unsere Entscheidung mitteilen.“

Er konnte das Funkeln in Ramons Augen sehen. Der Gutsverwalter brannte darauf, sich unter Beweis zu stellen und die Finca samt Olivenernte mit Stella zusammen zu führen.

Auch Emilia wirkte glücklich. Und obwohl ihm einerseits der Gedanke daran, dass seine Tochter bald wieder zurück nach Deutschland gehen würde, einen Stich ins Herz versetzte, war er andererseits froh zu sehen, dass sie deutlich glücklicher und besser gelaunt war, seit sie ihm offenbart hatte, was ihr auf der Seele gelegen hatte.

Ein paar Minuten später hatten sie die Besprechung beendet und er machte einen Spaziergang über das Grundstück. Die Sonne schien vom wolkenlosen, blauen Himmel und die Grillen spielten ihr alltägliches Konzert, während er von Baum zu Baum ging und mit einem geübten Blick kontrollierte, ob alles in Ordnung war.

Es gehörte zu seinen alltäglichen Aufgaben, die Olivenbäume - und selbstverständlich auch die Orangen- und Zitronenbäume- zu kontrollieren, damit diese im Herbst geerntet werden konnten. Dabei musste er die Blätter auf Schädlinge oder andere Hinweise prüfen und auch die Stämme in Augenschein nehmen. Eine sich schälende Baumrinde konnte auf Schäden an den einzelnen Bäumen hinweisen, die es frühzeitig zu beseitigen galt, wollte man eine gute Ernte haben und die Bäume langfristig nutzen.

Ramon hatte ihm viel beigebracht und er hatte das Wissen begierig in sich aufgenommen, um in kurzer Zeit zu einem einigermaßen passablen Landwirt zu werden und einen guten Blick für seine Bäume zu bekommen.

Als er die letzten Baumreihen erreicht hatte,

fiel sein Blick auf das Nachbargrundstück. Es war das Grundstück von Emanuel Borrel. Hinter der Trockensteinmauer begannen die Reihen seiner Olivenbäume und weit hinten lag das Haus, in dem der arme Emanuel gewohnt hatte.

Gerade wollte er seinen Blick abwenden, als er eine Bewegung im Schatten des Hauses wahrnahm. Instinktiv duckte er sich hinter die Mauer, während er den Blick auf das Haus gerichtet hielt.

Eine Person stand vor der Haustür der Finca und hantierte daran herum. Die Entfernung war zu groß, als das er hätte Details erkennen können, doch nachdem die Person sich einen Augenblick später von der Tür abgewandt hatte, ging Alexander davon aus, dass er diese abgeschlossen hatte.

Es handelte sich um einen jungen Spanier, vermutlich Mitte oder Ende 20, der sich arglos umschaute, bevor er zu seinem Auto ging, einstieg und wenige Augenblicke später fortfuhr.

Alexander glaubte zu wissen, dass der junge

Spanier der Sohn von Emanuel Borrel gewesen war, doch trotzdem zückte er sein Handy und wählte Carlos‘ Nummer. Sicher war sicher.

***

„Schön, Sie zu sehen“, sagte Herr Alonso.

Carlos wendete seinen Blick vom Meer ab und schaute den Anwalt an.

„Die Freude ist ganz meinerseits“, antwortete er freundlich und bedeutete ihm, Platz zu nehmen.

Er saß in einem einfachen Strandrestaurant in Ciudad Jardín.

Der Name dieses charmanten, etwa vier Kilometer östlich des Stadtzentrums gelegenen Stadtteils bedeutete übersetzt *Gartenstadt* und passte hervorragend zu dem Viertel, das für seine ruhigen Straßen, Grünflächen und eine entspannte Atmosphäre bekannt war.

Er hatte den Anwalt vor ungefähr zwei Stunden angerufen und ihm gesagt, dass sie sich unbedingt unterhalten müssten.

Da Herr Alonso geschäftlich in dem Viertel zu tun hatte und Carlos den Stadtteil sowie dessen Strandpromenade in den letzten Jahren sehr zu schätzen gelernt hatte, hatte er vorgeschlagen, dass sie sich dort treffen und etwas zusammen essen könnten.

Nun saß er in einem Lokal, dessen Terrasse direkt am Meer lag und hatte bis gerade gedankenversunken aufs Meer geschaut.

„Was gibt es denn so Wichtiges, worüber wir reden müssen?“, fragte Herr Alonso und bestellte etwas zu trinken.

„Sie sagten, dass niemand etwas von dem Testament wusste“, begann Carlos.

„Das ist richtig“, antwortete der Anwalt gut gelaunt.

„Und Sie sind ganz sicher?“

„Ziemlich sicher“, entgegnete Herr Alonso ohne zu zögern. „Emanuel hat mir gesagt, dass er niemanden davon erzählt hätte und ich selbst habe auch niemanden davon erzählt.“

Carlos nickte. Er hatte mit so einer Antwort gerechnet.

„Wenn ich mich richtig erinnere, war das Testament, dass Sie uns vorgelesen haben, eine geänderte Version, nicht wahr?“

Herr Alonso überlegte einen Moment, dann nickte er. „Ja, wieso?“

„Kann es denn sein, dass jemand die Vorgängerversion kannte?“, wollte Carlos wissen.

Der Anwalt zuckte mit den Schultern. „Das entzieht sich meiner Kenntnis. Aber es könnte durchaus sein. Darüber habe ich mit Herrn Borrel nicht gesprochen.“

Wieder nickte Carlos. Auch mit dieser Antwort hatte er gerechnet.

Jetzt brauchten sie nur noch Beweise.

Kapitel VIII

„Es tut mir leid, dass wir Sie noch einmal belästigen müssen“, sagte Carlos.

Nach seinem Gespräch mit Herrn Alonso und einem gemeinsamen Essen hatte Carlos mit Fernando telefoniert und sich für den nächsten Morgen verabredet.

Den restlichen Nachmittag hatte er mit Maria am Pool und auf der Terrasse verbracht. Am Abend waren Tom und Lisa vorbeigekommen, um mit ihnen zu grillen und einen entspannten Abend zu verbringen. Während die Damen sich angeregt über die Hochzeit unterhalten hatten, Tom hatte Lisa tatsächlich darauf angesprochen, dass seiner Meinung nach der richtige Zeitpunkt war, um eine Hochzeit zu planen, hatten Tom und er am Grill gestanden und neben Gemüse und Fleisch auch leckeren Fisch zubereitet.

Nach einem schönen und feuchtfröhlichen Abend hatten Maria und er am Morgen zusammen gefrühstückt, bevor Fernando ihn abgeholt und mit ihm nach Colonia de Sant Jordi gefahren war.

Dort hatten sie am Rand des Ortes geparkt und waren zu dem Mehrfamilienhaus gegangen, in dem Pepe Borrel wohnte.

„Schon gut“, erwiderte der Sohn von Emanuel Borrel, der seinem Äußeren nach gerade erst aufgestanden war und überrascht wirkte.

Seine schwarzen Haare waren zerzaust, er war unrasiert und zu einer Jogginghose trug er ein weißes T-Shirt mit einem Loch an der rechten Schulter.

„Dürfen wir einen Moment hereinkommen?“, fragte Fernando freundlich, aber bestimmt.

„Klar“, entgegnete der Sohn von Emanuel Borrel. Auch wenn er versuchte sich nichts anmerken zu lassen, konnte Carlos erkennen, wie verunsichert er war.

Die Wohnung sah immer noch so aus, wie bei ihrem letzten Besuch. Alles war einigermaßen aufgeräumt und nichts deutete daraufhin, dass Pepe Borrel etwas zu verbergen hatte oder eventuell eine Flucht plante. Aber warum auch? Wenn er der Mörder war und sein Plan war, an das Geld seines Vaters zu kommen, würde er nicht versuchen zu fliehen.

„Sie waren gestern im Haus Ihres verstorbenen Vaters?“, fragte Carlos beiläufig, obwohl es mehr eine Feststellung als eine Frage war.

„Woher wissen Sie das?“, sagte Herr Borrel vollkommen perplex.

Carlos lächelte. „Das spielt im Moment keine Rolle. Was wollten Sie dort? Der Tatort ist noch nicht freigegeben. Eventuell haben Sie wichtige Spuren vernichtet.“

Zu seiner Überraschung hatte der junge Mann seine Fassung bereits zurückgewonnen und zuckte gelangweilt mit den Schultern.

„Hätte ich vielleicht, wenn ich reingekommen wäre.“

„Was soll das heißen?“, mischte sich Fernando in das Gespräch ein. Er wirkte genervt von der Art des jungen Mannes.

„Das soll heißen, dass ich gar nicht im Haus

war, weil ich keinen Schlüssel habe. Beziehungsweise habe ich eigentlich einen, aber ich kann ihn nicht finden. Und daher bin ich gestern zum Haus meines Vaters gefahren, weil ich schauen wollte, ob ich ihn vielleicht dort finde."

„Und dann?", wollte Carlos wissen.

„Vor dem Haus habe ich nichts gefunden und reingekommen bin ich nicht. Ich habe probiert, ob die Türe zufällig offen ist und habe ein paar Mal daran gerüttelt. Hat leider nicht funktioniert." Er zuckte wieder mit den Schultern.

„Wissen Sie, ob noch jemand einen Schlüssel vom Haus Ihres Vaters hatte?", wollte Carlos wissen. Langsam fügte sich ein Bild vor seinem geistigen Auge. Auch wenn es im Moment noch nicht ganz scharf war.

„Ich glaube, dass nur mein Vater und ich einen Schlüssel hatten. Was das angeht, war er immer sehr misstrauisch." Er stockte einen Moment und dachte über etwas nach. „Aber wenn Sie es genau wissen wollen, fragen Sie am besten Señor Martel."

Fernando und Carlos schauten ihn fragend an.

„Felipe Martel hat einen Eisenwarenladen in Inca. Er hat das Sicherheitsschloss für Vater gemacht. Das ist ein ganz spezielles Schloss. Einen Schlüssel kann man nur mit einer Sicherheitskarte nachmachen. Und die liegt bei Felipe im Safe."

Carlos nickte stumm. Er kannte solche Sicherheitsschlösser aus seiner Zeit in Deutschland. Dass es diese mittlerweile auch auf Mallorca gab, war ihm gar nicht bewusst gewesen. Vielleicht sollte er sich so ein Schloss für die Finca anfertigen lassen. Aber zuerst einmal würden sie den Mörder schnappen. Und nun war er sich fast sicher, dass sie kurz davor waren. Und den Beweis hatte ihnen Pepe Borrel gerade geliefert.

***

„Hallo Alexander", begrüßte Carlos den Deutschen.

Nachdem sie die Befragung von Pepe Borrel beendet hatten, waren sie auf direktem Wege nach Inca zu Señor Martel gefahren.

Dieser hatte ihnen erklärt, dass er der Einzige auf ganz Mallorca wäre, der Schlüssel für die Tür von Emanuel Borrel anfertigen könnte und dass es lediglich zwei Schlüssel gab. Voller Stolz hatte er ihnen anschließend noch den Tresor gezeigt, in dem er diverse Sicherheitskarten seiner besonders guten Kunden aufbewahrte.

Da sie sowieso in der Gegend waren, hatten sie beschlossen, Alexander noch einen Besuch abzustatten und ihn noch einmal nach dessen gestriger Beobachtung von Pepe Borrel zu fragen. Vielleicht gab es noch ein paar Details, die er ihnen versehentlich verschwiegen hatte.

„Carlos, Fernando, schön euch zu sehen. Gibt es Neuigkeiten in dem Mordfall?"

Carlos lächelte. Die direkte Art des Managers, den er in den letzten Monaten so sehr zu schätzen gelernt hatte, gefiel ihm.

„In der Tat gibt es neue Erkenntnisse, die bei der Lösung des Falls behilflich sein könnten.“ Er erzählte Alexander von ihrem Besuch bei Pepe Borrel und dessen Aussagen zu dem Schlüssel. Auch ihren Besuch bei Señor Martel und dass dieser die Aussage von Herrn Borrel bestätigt hatte, berichtete er ihm.

„Und jetzt zu meiner Frage: Bist du sicher, dass Pepe Borrel aus dem Haus seines Vaters gekommen ist? Oder hat er eventuell nur versucht, die Türe zu öffnen?“

Alexander dachte einen winzigen Moment lang nach. Dann wog er den Kopf unschlüssig hin und her. „Wenn ich ehrlich bin, habe ich ihn nur an der Haustür gesehen. Dass er im Haus war, habe ich nicht gesehen. Und ob er einen Schlüssel hatte, konnte ich auf die Entfernung leider nicht erkennen.“

Fernando und Carlos schauten sich an. Im Grunde hatten sie dies auch so erwartet.

„Dann sollten wir zurück aufs Revier fahren

und mit Enrique sprechen“, schlug Carlos vor.

„Mit Enrique?“, fragte Fernando und schaute ihn überrascht an. „Glaubst du, er hat noch Spuren gefunden?“

„Ich bin mir fast sicher, dass er das hat“, antwortete Carlos und fuhr mit einem schelmischen Lächeln fort: „Er weiß es nur noch nicht.“

***

„Fernando, Carlos, was kann ich für euch tun?“ Enrique stand hinter seinem Schreibtisch und grinste verschmitzt. Er trug ein weißes Hemd zu einer Bluejeans und sah wie immer fantastisch aus.

„Hola, Enrique“, begrüßte Carlos den Leiter der Spurensicherung. „Ich wollte dich fragen, ob du uns noch einmal die Fotos vom Tatort zeigen kannst?“

Enrique zog verwundert die Augenbrauen hoch. „Meinst du, wir haben etwas übersehen?“, fragte er.

Doch Carlos verneinte. „Ganz und gar nicht. Ich denke, ihr habt sogar alles gefunden, was wir brauchen, um den Fall zu lösen.“

Enrique schaute verwirrt zu Fernando, der jedoch nur hilflos mit den Schultern zuckte.

Obwohl er Carlos intensiv ausgefragt hatte, hatte dieser ihm nicht verraten, was für einen Hinweis oder Spur dieser zu haben glaubte.

„Also gut“, sagte Enrique, „dann bin ich gespannt, was du uns gleich zeigen wirst.“

Mit diesen Worten umrundete er den massiven Holztisch und ging zur Tür.

Fernando und Carlos folgten ihm. Sie verließen das Büro von Enrique und gingen den Flur entlang in Richtung des kriminaltechnischen Labors. Kurz bevor sie das am Ende des Ganges gelegene Labor erreichten, stoppte Enrique und wandte sich nach rechts. Er öffnete eine fensterlose Tür und bedeutete ihnen, ihm zu folgen.

In dem schmucklosen Raum waren mehrere

Tische nebeneinander gereiht, auf denen diverse Beweisstücke lagen. Zudem standen dort diverse Pinnwände mit Fotos verschiedener Tatorte.

Zielsicher steuerte Enrique auf eine dieser Pinnwände zu und blieb davor stehen.

„Da sind wir“, sagte er und machte einen Schritt zur Seite, sodass Fernando und Carlos die Fotos sehen konnten.

Carlos stellte sich vor die Wand und schaute sich die Fotos nacheinander an. Er suchte etwas Bestimmtes und war sich sicher, dass er es auf einem der Fotos gesehen hatte. Die Fotos des Tatorts und vom äußeren Bereich der Finca übersprang er. Was er suchte, hatte sich im Inneren des Hauses von Emanuel Borrel befunden.

Es gab Aufnahmen vom Wohnzimmer, von der Küche und vom Schlafzimmer. Alles nicht das, was er suchte. Doch dann erblickte er die Fotos vom Flur. Auf einer kleinen hölzernen Kommode links neben der Haustür lag ein Schlüsselbund. Daneben lag eine Zeitung und unter der Zeitung lugte ein weiterer Schlüssel hervor.

„Hier!“, sagte er und deutete auf das Foto.

Enrique und Fernando schauten ihn fragend an.

„Was ist denn dort Besonderes?“, fragte Fernando.

„Der Schlüssel unter der Zeitung“, antwortete Carlos, „das muss der zweite Haustürschlüssel von Emanuel sein. Ihr habt doch gesagt, dass der Mörder wahrscheinlich im Haus gewesen ist. Und da es keinerlei Einbruchsspuren gab, hat der Mörder einen Schlüssel benutzt.“

Enrique nickte. „Und?“, fragte er. Er ahnte, dass Carlos den springenden Punkt noch nicht genannt hatte.

„Es gibt nur zwei Schlüssel für das Haus von Emanuel Borrel.“ Er erläuterte dem Chef der Spurensicherung ihre neuste Erkenntnis und berichtete vom Besuch bei dem Schlüsselmacher.

„Das bedeutet“, schlussfolgerte Enrique, „dass der Mörder mit einem der beiden Schlüssel ins Haus gekommen ist und diesen dann nach dem

Mord dort vergessen hat. Wahrscheinlich war er nach dem Mord so aufgewühlt, dass er den Schlüssel einfach liegen lassen hat."

„Und wenn wir die Fingerabdrücke von Pepe Borrel auf dem Schlüssel finden", führte Fernando den Gedanken fort, „haben wir einen Beweis, dass er der Mörder ist."

„So ungefähr", pflichtete Carlos ihm bei.

Fernando schaute abwechselnd zu Enrique und Carlos. „Worauf warten wir dann noch?"

Enrique nickte. „Lasst uns fahren."

Kapitel IX

Nachdenklich schaute Antonio aus dem Fenster. Gestern hatte ihn ein gewisser Manuel Alonso angerufen und ihm mitgeteilt, dass sein verstorbener Bruder ihm etwas vermacht hatte.

Damit hatte er nicht gerechnet. Eigentlich hatte er angenommen, dass Emanuel seinen kompletten Besitz seinem Sohn vermachen würde. Pepe war zwar ein Nichtsnutz und finanzierte einen Großteil seines Lebens mit dem Geld seines Vaters, aber er war nun einmal Emanuels einziger Sohn.

Dass er etwas geerbt hatte, hatte ihn ehrlich überrascht.

Ein Lächeln trat in sein Gesicht. Er wusste zwar noch keine Details, aber der Anwalt hatte von einem wertvollen Grundstück im Südosten gesprochen. Das war ja schon einmal etwas.

In diesem Moment klingelte es an der Tür.

Verdutzt schaute Antonio auf. Eigentlich erwartete er niemanden.

Er ging zur Tür und öffnete diese. Wahrscheinlich war es wieder einmal ein Paketbote, der etwas für den Nachbarn abgeben wollte.

***

„Guten Tag, Herr Borrel“, begrüßte Carlos den Bruder des Verstorbenen. „Wir wollten Sie gar nicht lange stören, aber ich denke, Sie sollten wissen, dass wir den Mörder Ihres Bruders gefasst haben.“ Er schaute den alten Mann freundlich an. Fernando stand neben ihm und lächelte ebenfalls. Sie freuten sich, dass sie den Fall endlich gelöst hatten.

Dieser zog überrascht die Augenbrauen hoch. „Wer war es denn?“

„Dürfen wir kurz reinkommen?“, fragte Carlos.

„Selbstverständlich“, erwiderte Antonio Borrel und machte ihnen Platz, sodass sie eintreten konnten.

Sie gingen durch den Flur und betraten das

Wohnzimmer. Carlos schaute sich um. Das Haus des Landwirts sah ordentlich und aufgeräumt aus. Die Möbel waren aus dunklem Holz und vielleicht ein wenig in die Jahre gekommen, aber alles in allem sah das Haus sehr gut aus.

Im Wohnzimmer blieben sie stehen. Herr Borrel bedeutete ihnen, dass sie sich setzen sollten, doch Carlos lehnte dankend ab.

„Wir stehen lieber“, sagte er.

„Und? Wer ist denn nun der Mörder?“, fragte Herr Borrel neugierig.

„Sie sind es!“, antwortete Carlos nüchtern und schaute seinem Gegenüber dabei fest in die Augen.

Dieser schaute sie im ersten Augenblick verwirrt und panisch an, doch plötzlich entspannte sich sein Gesichtsausdruck.

„Wie haben Sie es herausgefunden?“, fragte er.

Fernando und Carlos tauschten unauffällig ein paar Blicke aus.

Beiden war aufgefallen, dass er erst gar nicht versuchte die Tat abzustreiten. Ganz im

Gegenteil wirkte er fast erleichtert.

„Ich sage Ihnen, was passiert ist“, begann Carlos in aller Ruhe.

Sie hatten am Morgen die Ergebnisse von der Untersuchung des Haustürschlüssels bekommen. Überraschenderweise waren auf dem Schlüssel die Fingerabdrücke von Antonio Borrel gewesen. Fernando war sehr erstaunt gewesen, während Carlos schon die Vermutung gehabt hatte, dass nicht Pepe, sondern der Bruder der Mörder gewesen sein könnte.

„Sie haben sich in letzter Zeit zwar wieder mit Ihrem Bruder unterhalten, aber der alte Zorn war immer noch da, nicht wahr?“

Der Bruder von Emanuel Borrel schwieg, doch am Zucken seiner Lippen konnte er erkennen, dass er richtig lag.

„Und als Sie erkannt haben, dass Ihr Bruder nicht nur ein einfacher Olivenbauer ist, sondern zu einem gewissen Reichtum gekommen ist, hat Sie der Neid gepackt.“

Nun nickte Antonio Borrel. „Sein Reichtum

fußte auf der unfairen Entscheidung unserer Eltern“, sagte er hasserfüllt. Doch dann veränderte sich sein Blick und Tränen liefen über seine Wangen. „Ich wusste doch nichts von dem Brief und dem Grundstück.“

Nun war es Carlos, der nickte. „Nein, das wussten Sie nicht. Sie dachten all sein Besitz, der eigentlich Ihnen gehören sollte, würde irgendwann an seinen Sohn gehen, nicht wahr? Das hat Sie rasend vor Wut werden lassen, ist es nicht so?“

Antonio Borrel lächelte. Doch es war ein trauriges Lächeln. „Sie haben recht. Ich habe ihn umgebracht. Habe ihn feige von hinten erschlagen.“

„Und dann sind Sie noch einmal ins Haus und haben nach etwas gesucht. War es das Testament?“

Herr Borrel nickte mit zusammengepressten Lippen, während ihm dicke Tränen über das Gesicht liefen.

„Den Schlüssel hatten Sie Pepe gestohlen, als

Sie ihn vor ein paar Tagen besucht haben“, fuhr Carlos ungerührt fort. „Und dann haben Sie ihn aus Versehen im Haus vergessen.“

„Es tut mir so leid“, schluchzte Señor Borrel. „Ich wusste nicht, dass mein Bruder so ein guter Mensch ist. Ich habe ihn immer noch gehasst. Nur weil er meinte sich mit mir versöhnen zu müssen, habe ich doch nicht einfach vergessen können, was meine Eltern und er mir angetan haben.“

„Was haben sie Ihnen denn angetan?“ Carlos Stimme klang sanft und mitfühlend, doch innerlich schüttelte er den Kopf.

„Sie haben mich um mein rechtmäßiges Erbe gebracht“, schluchzte Antonio Borrel.

„Ihre Eltern haben Emanuel Ihr Grundstück vermacht, weil Sie ein Faulpelz waren, der nichts auf die Reihe bekommen hat“, stellte er fest. „Ihren Bruder trifft daran keine Schuld.“

Das Schluchzen von Herrn Borrel wurde lauter. „Das weiß ich doch auch. Aber ich konnte meinen Hass einfach nicht zurückhalten. Und als ich gemerkt habe, dass er ein vermögender Mann geworden war, haben mich meine Gefühle einfach übermannt …“ Er stockte, während ihm unzählige Tränen die Wange hinabliefen. Dabei starrte er ungläubig auf seine Hände. „Er war so nett und großzügig. Wieso habe ich das nur gemacht?“

Fernando und Carlos schauten sich an. Antonio Borrel war ein Mörder, so viel stand fest. Aber er war auch ein gebrochener Mann, der einen Fehler gemacht hatte und diesen nun bis an sein Lebensende bereuen würde.

„Herr Antonio Borrel, ich verhafte Sie wegen des Mordes an Ihrem Bruder. Alles, was Sie jetzt sagen …“

Carlos wendete sich ab und verließ den Raum, während Fernando Herrn Borrel seine Rechte vorlas und ein dazugekommener Beamter ihm Handschellen anlegte.

Der Fall war gelöst. Doch irgendwie fühlte es sich nicht so gut an, wie sonst. Er hatte Mitleid mit dem alten Mann, auch wenn er wusste, dass er Unrecht begangen hatte.

Er würde ins Café Mercado fahren, um sich abzulenken. Und dann würde er Tom anrufen. Der Koch brannte bestimmt darauf zu erfahren, wie alles ausgegangen war.

Carlos lächelte. Am besten würde er ihm bei einer guten Flasche Wein und einem leckeren Essen davon berichten. Das würde seine Stimmung sicherlich aufhellen.

***

„Dann haben wir tatsächlich zwei Fliegen mit einer Klappe geschlagen?“, fragte Tom, dessen Augen bei diesen Worten leuchteten, wie bei einem kleinen Kind zu Weihnachten.

Als Carlos vor knapp einer Stunde ins Café Mercado gekommen war, hatte Tom ihn zu seiner Überraschung bereits erwartet.

Er hatte sich zu Esteban in die Küche gestellt und dem Koch seine Hilfe angeboten, die dieser dankbar angenommen hatte. Als Carlos dann erschienen war, hatte Tom seine eigene Version eines mallorquinischen Hähnchens zubereitet und ihm mit einer guten Flasche Wein serviert.

Nun saßen sie auf der Terrasse des Restaurants und Carlos hatte ihm von den neusten Entwicklungen sowie der Verhaftung von Antonio Borrel und von Daniel Raya berichtet.

„Das haben wir wohl“, antwortete Carlos lächelnd. „Daniel Raya hat ein umfassendes Geständnis abgelegt. Alejandro Morata und er haben das Anilin auf dem Grundstück gelagert, um es in nicht allzu ferner Zukunft illegal ins Mittelmeer zu entsorgen. Das wäre ein schwerer Schlag für die Natur rund um Mallorca gewesen und wir sind froh, dass es nicht so weit gekommen ist. Die beiden sitzen derzeit in Untersuchungshaft und warten darauf, dass ihnen der Prozess gemacht wird. Ich denke, sie werden eine ganze Weile ins Gefängnis müssen.“

„Und was ist mit Frau Zimmermann?“, wollte Tom wissen und schaute ihn neugierig an.

„Die wird wahrscheinlich mit einer

Bewährungsstrafe davonkommen", antwortete Carlos. „Sie hat vollumfänglich kooperiert, nachdem sie erkannt hatte, dass Herr Raya sie nur ausgenutzt hat. Und wenn sie Glück hat, bekommt sie sogar trotzdem das Geld von Emanuel Borrel."

Tom schüttelte ungläubig den Kopf. „Ist schon unglaublich, dass der Mord an dem alten Mann dazu beigetragen hat, ein ganz anderes Verbrechen aufzuklären beziehungsweise zu verhindern."

Carlos nickte zustimmend. „Das ist es", bestätigte er gut gelaunt. „Und das Gute daran ist, dass wir uns jetzt voll und ganz auf eure Hochzeit konzentrieren können."

Tom musste herzhaft lachen. „Das stimmt. Aber ich denke, bis dahin wirst du noch ein oder zwei Fälle lösen müssen."

Wieder nickte Carlos. Da hatte sein Freund wohl leider recht.

Epilog

„Ich habe dich lieb, Papa!“ Emilia drückte ihn fest an sich.

Alexander konnte fühlen, dass sie weinte.

Er hatte seine Tochter zum Flughafen gebracht. Sie würde zurück nach Deutschland fliegen, um ihr Studium zu beenden.

Und obwohl er ihr dutzende Male versichert hatte, dass das vollkommen in Ordnung war, hatte Emilia ein schlechtes Gewissen, weil sie ihn nun wieder allein ließ.

„Es ist alles in Ordnung“, sagte er zu seiner Tochter, nachdem er sich mit sanfter Gewalt aus ihrer Umarmung gelöst hatte. „Mallorca war der Traum von deiner Mutter und mir, nicht dein Traum. Du musst dir deinen eigenen Traum suchen, den du verwirklichen kannst.“ Die letzten Worte, die er überspitzt streng gesprochen hatte, erzielten die gewünschte Wirkung.

Emilia lächelte und sie hörte auf zu weinen.

„Ich komme dich in den Semesterferien besuchen und helfe dir. Und wenn du gar nicht klar kommst, sag bitte Bescheid. Dann komme ich wieder ganz zurück."

Alexander musste angesichts des sorgenden Gesichtsausdrucks schmunzeln.

„Du weißt schon, dass ich vor nicht allzu langer Zeit ein viel beschäftigter Mann war, oder? Ich komme ganz gut allein zurecht. Und außerdem habe ich Stella und Ramon."

Emilia nickte. Sie sah ein wenig beruhigt aus.

„Du kümmerst dich jetzt erst einmal um dein Studium", sagte er in einem ruhigen, aber bestimmten Ton. „Und wenn du in den Semesterferien oder sonst irgendwann nach Mallorca kommen willst, bist du jederzeit herzlich willkommen. Aber du musst nicht kommen. Lebe erst einmal dein Leben und kümmere dich nicht um meins, hast du verstanden?"

Er schaute ihr fest in die Augen und lächelte sie aufmunternd an.

Die letzten Wochen hatten sie viel Zeit zusammen verbracht. Die Zusammenarbeit mit der Familie Puyol hatte konkrete Formen angenommen und die finanziellen Details waren größtenteils geklärt. Emilia hatte ein Marketingkonzept erarbeitet und mit ihm zusammen die ersten Objekte besichtigt, in denen sie Ladenlokale aufmachen könnten.

Es war eine schöne Zeit gewesen. Und auch wenn diese Zeit nun vorläufig vorbei war, hatte sie seine Tochter und ihn noch enger zusammengeschweißt, als sie es ohnehin schon gewesen waren. Dafür war er sehr dankbar.

„Dann gehe ich jetzt einmal“, sagte Emilia und riss ihn aus seinen Gedanken.

Alexander nickte. „Mach das.“

„Aber ich rufe an, wenn ich gelandet bin“, versicherte seine Tochter.

Er grinste. „Das weiß ich mein Schatz.“

Emilia umarmte ihn ein letztes Mal, dann drehte sie sich um und ging in den Sicherheitsbereich.

Alexander stand noch eine Weile da und schaute ihr hinterher.

Dann drehte er sich um und ging in Richtung Ausgang.

Als die Schiebetüren sich öffneten und ihm die benzingeschwängerte warme Luft entgegenwehte, lächelte er.

Wie gut, dass ich nicht weg muss, dachte er. Mallorca war jetzt sein Zuhause. Und das war gut so.

Printed in Germany
by Amazon Distribution
GmbH, Leipzig

33741611R00159